JUSTIÇA POR LINHAS TORTAS

Editora Appris Ltda.
1.ª Edição - Copyright© 2023 do autor
Direitos de Edição Reservados à Editora Appris Ltda.

Nenhuma parte desta obra poderá ser utilizada indevidamente, sem estar de acordo com a Lei nº 9.610/98. Se incorreções forem encontradas, serão de exclusiva responsabilidade de seus organizadores. Foi realizado o Depósito Legal na Fundação Biblioteca Nacional, de acordo com as Leis nos 10.994, de 14/12/2004, e 12.192, de 14/01/2010.

Catalogação na Fonte
Elaborado por: Josefina A. S. Guedes
Bibliotecária CRB 9/870

P381j
2023
	Pelá, Hélio
	    Justiça por linhas tortas / Hélio Pelá. – 1. ed. – Curitiba : Appris, 2023.
	    135 p. ; 23 cm.
	
	    ISBN 978-65-250-5051-5
	
	    1. Ficção brasileira. 2. Amor. 3. Guerra. I. Título.
	
	                                                    CDD – B869.3

Appris editora

Editora e Livraria Appris Ltda.
Av. Manoel Ribas, 2265 – Mercês
Curitiba/PR – CEP: 80810-002
Tel. (41) 3156 - 4731
www.editoraappris.com.br

Printed in Brazil
Impresso no Brasil

Hélio Pelá

JUSTIÇA POR LINHAS TORTAS

FICHA TÉCNICA

EDITORIAL	Augusto Coelho
	Sara C. de Andrade Coelho
COMITÊ EDITORIAL	Marli Caetano
	Andréa Barbosa Gouveia (UFPR)
	Jacques de Lima Ferreira (UP)
	Marilda Aparecida Behrens (PUCPR)
	Ana El Achkar (UNIVERSO/RJ)
	Conrado Moreira Mendes (PUC-MG)
	Eliete Correia dos Santos (UEPB)
	Fabiano Santos (UERJ/IESP)
	Francinete Fernandes de Sousa (UEPB)
	Francisco Carlos Duarte (PUCPR)
	Francisco de Assis (Fiam-Faam, SP, Brasil)
	Juliana Reichert Assunção Tonelli (UEL)
	Maria Aparecida Barbosa (USP)
	Maria Helena Zamora (PUC-Rio)
	Maria Margarida de Andrade (Umack)
	Roque Ismael da Costa Güllich (UFFS)
	Toni Reis (UFPR)
	Valdomiro de Oliveira (UFPR)
	Valério Brusamolin (IFPR)
SUPERVISOR DA PRODUÇÃO	Renata Cristina Lopes Miccelli
ASSESSORIA EDITORIAL	Nicolas da Silva Alves
REVISÃO	Camila Dias Manoel
PRODUÇÃO EDITORIAL	Sabrina Costa da Silva
DIAGRAMAÇÃO	Renata Cristina Lopes Miccelli
CAPA	Eneo Lage

No decorrer de minha existência, várias pessoas foram importantes para meu desenvolvimento, minha subsistência, formação moral e intelectual. Contudo, ao fazer um retrospecto desde o dia que nasci até os dias de hoje, conclui que as pessoas mais importantes e significativas foram mulheres. Desde minha finada mãe, dona Sebastiana, que detestava seu nome de batismo e preferia ser chamada de Maria (e era como todos a chamavam). Depois minha irmã mais velha, que já reside em outro plano junto de minha mãe, de quem procurou cuidar até o último suspiro, exemplo de dedicação e amor ao próximo. De Nair, que podemos chamar de guerreira, não consigo adjetivos para exaltá-la; se tivesse de fazer comparações, diria que é um anjo. Minha irmã mais nova, a Nayde, foi demasiadamente importante, a minha segunda mãe, basicamente quem me criou. E minha esposa, Claudete, que no princípio foi só um romance e depois se transformou em realidade, permanecendo um misto de tudo que é necessário para continuar a viver: com prazer e alegria plena de todos os dias ao levantar-me saber que tenho alguém que me suporta. A essas mulheres maravilhosas dedico esta obra.

SUMÁRIO

PRÓLOGO..9

1
O RETORNO DOS CAMPOS DE BATALHA....................................22

2
A ADOÇÃO DO MAL..34

3
O SURGIMENTO DAS PROVAS E O PROMOTOR............................40

4
A BUSCA DA VERDADE E O JUIZ..82

5
AS PROVAS CONCRETAS E A RUÍNA....................................117

EPÍLOGO
A DERROCADA FINAL..128

PRÓLOGO

Todo aquele burburinho, sussurros, gente falando, outras cochichando, enchia o enorme salão com vozes desencontradas. Era irritante. Renata tinha vontade de gritar, exigir que parassem imediatamente; aquele barulho todo a desconcentrava, deixando-a ainda mais nervosa. Precisavam entender que aquele local não era feito para conversas de comadres, fofocas, pensava ela, não era um espetáculo circense a que assistiriam: era um tribunal, e alguém seria julgado, uma decisão muito importante seria tomada, um jovem, um menino, seria julgado, um pobre garoto que tinha uma vida inteira pela frente, tantos sonhos, tantos projetos, nas mãos e na consciência de sete pessoas, escolhidas entre milhões de habitantes de São Paulo, e de um juiz.

Quem sabe o que se passa na cabeça de um juiz? É um ser como outro qualquer, falível, que ambiciona, sofre com conflitos interiores, ama, odeia, engana, ilude-se, e que, ao vestir a toga, se sente Deus na Terra e decide o destino das outras pessoas. E aquela gente toda está alheia ao que se passa, está ali completamente descontraída, encarando aquilo como um espetáculo mambembe: ao terminar; todos se divertiram, e acabou-se. Não imaginam que ali, naquele local, quando tudo se encerra, um ser humano iniciando o viver sofrerá terrivelmente; findo o espetáculo, sua vida será profanada, enlameada, e por fim poderá ser condenado a pagar pela pena imposta, que o marcará pelo resto de seus dias. Se condenado, será atirado a um cárcere fétido, imundo, abandonado, contando com a própria sorte.

Sua cabeça latejava ao imaginar tudo aquilo, ela sofria calada, e uma lágrima solitária teimava em escorregar pelo canto dos olhos. Ela disfarçava tentando manter uma tranquilidade inexistente, quase impossível. Aquelas mesmas conversas vazias sendo sussurradas, de ouvido a ouvido, como se todos quisessem ao mesmo tempo segredar algum mistério e trazer à baila alguma informação de que alguém ligado à família jurara ter conhecimento, e seguiam-se os comentários:

— Estou sabendo por fonte lá de dentro da casa... A pessoa que me disse isso não tinha interesse em mentir, eu o vi nascer, conheço bem os membros da família e do que são capazes.

Essa era, na maioria das conversas, a tônica dos diálogos em murmúrios, que fazia o ambiente parecer uma caixa de abelhas, em constantes zoadas, a movimentação de pessoas à procura de um lugar para acomodarem-se e de uma visão privilegiada do espetáculo insípido que estava por acontecer. A plateia ensandecida calou-se de repente, como que por encanto; abateu-se, sobre aquela horda ávida, admirável e total silêncio; só o velho e negro ventilador de teto fazia-se notar por seu chiado irritante, pela falta de reparos e de algumas gotas de óleo, e o grande relógio de parede pendurado aos fundos badalava monótono, de forma mecânica e pausada; o tique-taque quebrava o silêncio.

Foi quando todos, num movimento articulado, silenciaram, como que obedecendo a um comando superior. Pararam o murmúrio incessante e imediatamente viraram seus olhos em direção à porta de entrada, como que atraídos por uma poderosa força de gravidade em torno de um astro esplendoroso e soberano, que sugava para si a atenção unânime dos espectadores presentes.

Vitória...! Aparentava ser uma estrela de primeira grandeza, como o Sol, que emerge no horizonte, esplêndido. Cruzou o grosso portal do antigo mas estiloso Tribunal do Júri; a impressão que se tinha era de que acabara de entrar uma deusa mitológica, deslumbrante, iluminada, saída de uma antiga estória grega, um épico tirado de um livro homérico com suas heroicas batalhas e grandiosas tragédias, embaladas por uma ode gloriosa, e paralelamente tênue, suave e encantadora. Vitória continuava linda e arrebatadora. Plena de alumbramento, em seus 1,78 m de altura, seus negros cabelos lisos, sedosos, caiam como ondas sobre os ombros nus, numa cascata radiante e sedutora, realçando o verde aristocrático de seus olhos grandes e irrequietos, duas preciosas esmeraldas incrustadas na face serena de um rosto bem moldado, destacados ainda pela maquiagem suave, bem produzida. O vestido longo, preto, em crepe de seda, com leve transparência, caia com suavidade sobre as curvas perfeitas, bem delineadas, daquele monumento vivo, maravilhoso, que parecia ter sido moldado pelas mãos do artista em dia de profunda inspiração, uma obra de arte perfeita que flutuava, com passos premeditados, pés angelicais, sobre o grosso carpete do corredor do plenário, totalmente tomado por repórteres, fotógrafos e curiosos, que vieram para aquele importante julgamento.

Para Vitória, nada de anormal parecia acontecer, nem demonstrava alteração alguma em sua maneira habitual de se apresentar em público, sempre a mesma formosa dama da orgulhosa e fina sociedade paulistana. Nada em seus procedimentos fazia crer que naquele dia estaria em julgamento seu único filho, um escândalo sem precedentes na tradicional sociedade da maior metrópole da América Latina, um prato cheio para todos os jornais, revistas e canais de televisão da moda, o filho de uma das mais ricas e poderosas famílias da intrigante sociedade paulista seria julgado por assassinato, e ela impassível, impenetrável, inabalável com seus gestos comedidos, sob medida, que a cada movimento pareciam representar uma cena.

Logo atrás, vinha o marido, um pouco mais alto, ainda de óculos escuros, que aparentava maior preocupação que a esposa, trajava um elegantíssimo terno cinza escuro, corte impecável, dando mostras claras da classe social a que pertencia. Como autêntico cavalheiro, deixou que sua mãe, uma velha e distinta senhora, em seus 70 e poucos anos, tivesse a preferência ao atravessar o portal, e acomodou-a em uma cadeira, logo na entrada. Ele, ao contrário, parecia esguelhar-se de maneira sorrateira, preferia não ser muito notado, principalmente naquela situação vexatória. Como político com pretensões de galgar postos mais altos no cenário nacional, o eminente deputado federal Dr. Geofrey não poderia se expor.

Vitória parou no centro do enorme salão, parecia se divertir antegozando aquele momento glorioso, era a grande atração do momento, sentia-se a diva do show espetacular que estava por ocorrer. Ergueu o pescoço, enfeitado por um belo colar de pérolas legítimas, buscando com os olhos um lugar em que pudesse se acomodar e ter uma visão ampla e adequada de todo o ambiente, e, logicamente, onde pudesse ser ardilosamente notada pelos admiradores de última hora, exaltando sua beleza em toda a sua plena vaidade.

Dr.ª Renata, a assistente da promotoria, não perdeu um único lance daquela entrada triunfante, apoteótica. Desapareceu de sua cabeça todo aquele turbilhão inicial, e só um ponto de interrogação bailava em seus pensamentos, assim como nos de todos os outros curiosos espectadores dentro do tribunal. Imediatamente, porém, voltou a atenção aos seus papéis e ao imponente promotor público. Assim que se sentou, fez menção de erguer-se, assustada, pensando por um momento que teria de socorrer o chefe, Dr. Helder.

O impassível promotor público suava copiosamente, um líquido quente corria por seu rosto pálido, parecia ter perdido todo o sangue da face e passava a nítida impressão de que desmaiaria; as mãos tremeram descompassadamente, aparentando estar acometido de crise epiléptica. Alguns papéis chegaram a cair sobre a mesa, de forma mecânica. Levou a mão sobre o peito, na altura do coração. Certamente teve receio de que os batimentos cardíacos pulsassem tão fortemente que pudessem ser ouvidos ao longe, e algo de secreto, muito íntimo, fosse descoberto; precisava disfarçar aquele estupor momentâneo, que poderia denunciar sua forte emoção; e levou alguns segundos para se controlar e recuperar-se da palidez instalada no rosto — o que não quer dizer que não o tivessem notado.

Renata, ao perceber que seu chefe adquirira novamente o equilíbrio necessário, retornando a sua característica postura, arrogante e descortês, mais uma vez direcionou seu olhar carregado de curiosidades para Vitória, que se mantinha altiva, intransponível, pensando "Quem seria essa magnífica figura que se preserva imponente, segura, apesar da gravidade dos fatos que devem ali ser julgados...?" Uma vida iniciando, tão jovem, um garoto estava prestes a ser condenado a apodrecer na cadeia, a terminar seus dias atrás das grades, e nada demovia aquela figura de sua empáfia ou quebrava sua serenidade, parecia até se divertir internamente; sua segurança era irritante, perturbadora. Certamente teria algum parentesco com o réu, não era possível estar ali só por estrita curiosidade. Intrigou-se mais ainda ao perceber que Vitória disfarçou um enigmático sorriso ao notar o nervosismo e descontrole do promotor — tudo parecia diverti-la intimamente.

Renata novamente voltou a atenção ao chefe, que já parecia ter recuperado seu autocontrole e sua habitual tranquilidade e frieza de jurista experiente, acostumado a todo tipo de querelas e batalhas forenses, mas tudo isso despertou na jovem assistente uma curiosidade enorme, colocando em alerta todos os seus sentidos e a habitual intuição feminina, percebendo claramente que alguma coisa devia existir entre aqueles dois personagens, mas ficou somente na interrogação a si mesma. "O que será?"

Tudo voltou ao cenário inicial. Assim que Vitória se sentou, o vozerio e os sussurros voltaram-se ao vizinho, agora com mais uma novidade a intrigar-lhes o espírito. Poucos sabiam de quem se tratava. Enquanto não começava o julgamento, reiniciou-se o "passa-passa"; de um lado para outro, pessoas se acomodando. Até que novamente baixou um silêncio mórbido, sepulcral, quando o meirinho, do alto do púlpito, bateu por três vezes aquela espécie de cajado sobre a madeira do assoalho. Com uma voz empostada, de forma que todos pudessem ouvir e entender suas palavras, apregoou solene:

— Neste dia de 14 de agosto do ano de Nosso Senhor Jesus Cristo de 1998, às 10 horas, demos início ao julgamento de Alexander Bonani Alcântara de Guardia, brasileiro, maior, filho de Geofrey de Alcântara Guardia e de Vitória Bonani de Guardia. Presidirá o Tribunal do Júri o Meritíssimo Juiz Dr. Ernesto Pereira de Barros e Silva. Na promotoria, atuará na acusação o Dr. Helder Mariano de Souza. Como advogado de defesa, estará atuando o Dr. Geraldo Brito Neves.

Os olhares tensos e ansiosos voltaram-se diretamente sobre a silhueta calma daquele jovem negro, que não aparentava mais do que 26 anos, uma figura de aparência humilde para um caso tão comentado, tão sério, que foi alvo de extrema repercussão na sociedade paulistana. Mais uma interrogação na cabeça não só da Dr.ª Renata, assistente da promotoria, mas de todos os presentes, inclusive dos jurados, três mulheres e quatro homens, ali sentados nas imediações da tribuna, à espera de darem o veredito, seus votos de inocente ou culpado, na medida em que se convencessem diante das argumentações prestadas pelos advogados encarregados de tal missão.

Dr. Geraldo sentiu-se meio constrangido com todos aqueles olhares, e percebeu claramente que ficara instalada uma dúvida em cada cabeça, mas manteve-se sereno, visto que seria aquele o seu melhor momento, faria o melhor que pudesse e usaria todos os seus conhecimentos, argumentos jurídicos e provas; estava confiante de que demonstraria toda a habilidade e todo o conhecimento possível naquele combate feroz e simultâneo, e o que havia juntado de conhecimentos jurídicos a favor de seu cliente. Em relação a sua pessoa, percebia-se claramente que não era totalmente negro, devia ser filho de branco e negra, ou vice-versa, tinha os cabelos ondulados, porém não encarapinhados, nariz levemente afilado, uma feição jovem e bonita, não mais que 1,75 m de altura, aparentando talvez 26 anos — é uma fase difícil de se definir a idade de alguém, principalmente sendo um mestiço. Pelo terno folgado, devia estar abaixo do peso, talvez estivesse mais interessado em estudar a causa do que se alimentar adequadamente. Mas nada disso o importunou: acomodou-se na cadeira, abotoou o paletó e rabiscou algumas letras em um papel.

Nesse momento o meirinho deu uma pigarreada, mais para chamar atenção do que para limpar a garganta, e novamente elevou a sua voz empostada, que ecoou por todo o ambiente:

— Que entre o réu...

Alexander, acompanhado por dois policiais, entrou cabisbaixo no recinto, abatido. Não passava de um menino, no máximo 18 anos, talvez um pouco mais. Sua altura, em torno de 1,80 m, fazia realçar seu estado de desnutrição e debilidade moral, atribuindo-lhe uma aparência doentia, uma feição cadavérica, mostrando estar ele atravessando momentos conturbados, de intenso sofrimento. Ao virar o rosto e balançar a cabeça em cumprimento ao advogado, foi possível notar as belezas daqueles olhos verdes, iguais aos da mãe, logicamente que combalidos, cansados, meio encobertos pelos cabelos escuros em desalinho e por aparar. Mostrava pouco sinal de barba, alguns fios dispersos pelo rosto, o que não lhe tirava a aparente beleza.

Aquela figura carente, impregnada de incertezas, despertou alguns sentimentos controversos entre os presentes, alguns com ódio pelo hediondo crime a ele atribuído; em outros, apenas pesar — viam-no como vítima de uma fatalidade. Os primeiros julgavam-no e taxavam-no de filhinho de papai, que tudo pode (sendo ele um filho de ricos), até mesmo matar, com requintes de crueldade, uma jovem negra e pobre no intuito tão somente de se divertir, contando com a impunidade, que é via de regra no país, e no embalo das drogas, como havia sido amplamente publicado nos jornais da época.

O réu sentou-se, sem olhar para os lados nem para trás. Fixou-se em um ponto imaginário à sua frente e ficou ali perdido em seus pensamentos. Dr. Geraldo pousou suavemente suas mãos sobre os braços de Alexander, que repousavam sobre a mesa ao seu lado, numa menção de consolo, tentando imprimir-lhe alguma confiança. Novamente, Alexander olhou-o nos olhos, avaliou-o mentalmente e emitiu um sorriso cansado, triste, desconsolado. No momento, deve ter pensado: "Como um jovem negro e inexperiente pode tirá-lo dessa situação tão crítica, quando tudo parece estar contra ele, Deus e o mundo?" Os céus certamente desabariam sobre sua cabeça, mesmo sendo inocente, soterrando-o, escondendo para sempre a vergonha e a humilhação por que estava passando e fazendo sua família passar.

Dr. Geraldo tentava mostrar-se confiante, mas a situação apresentava-se muito difícil, catastrófica, todas as evidências eram contra seu cliente, e somente um milagre poderia salvá-lo, dar a si a grande chance de sua vida e provar que não fora em vão sua indicação para o caso, pelo ilustre Dr. Felipe Benjamim, um dos maiores juristas de São Paulo, internacionalmente conhecido, mas que, por motivo de saúde, não poderia fazer a defesa do réu. Dr. Felipe acabou indicando o Dr. Geraldo por julgá-lo competente e justamente por ser negro, pois a vítima era uma jovem negra, e isso mostraria que a família não era preconceituosa.

Tentando ainda elevar o moral de seu cliente e dar-lhe uma reanimada, com a mão pousada ainda sobre seu braço, Dr. Geraldo sussurrou aos ouvidos dele:

— Sua mãe e seu pai estão presentes, vieram trazer-lhe ânimo, dar-lhe uma força. Tenha coragem, rapaz! Vamos sair dessa.

Um simples abano de cabeça em sinal de consentimento foi a resposta do rapaz, que delicadamente puxou o braço e voltou sua atenção novamente ao meirinho.

— Todos de pé... Meritíssimo Sr. Juiz de Direito Dr. Ernesto Pereira de Barros e Silva.

Dr. Ernesto, em seus quase 50 anos de idade, apesar de vasta cabeleira grisalha bem penteada, não demonstrava absolutamente a idade que tinha. Pele bem tratada, sem nenhuma ruga, a toga negra comprida realçando suas melenas grisalhas e seus olhos, de um castanho bem claro, e infundia nele uma expressão sonhadora, mais de um galã de teatro que de causídico. Ao entrar no tribunal, não olhou para os lados, foi direto ao seu lugar, o ponto mais alto do anfiteatro, e sentou-se como um rei quando toma assento em seu trono. Aparentava ser um ente divino, superior, uma prepotência a nada comparável, dono absoluto do poder e da verdade, um semideus, ungido para os direitos de vida e da morte, do bem e do mal. Olhando aquela figura impoluta, nenhum mortal jamais ousaria pensar em mancha depreciativa alguma em sua ilibada moral. Ajeitando sua toga de cetim negro sobre a cadeira, de madeira nobre, toda entalhada a mão, de encosto alto, acomodou-se bem confortavelmente, como se, durante muitas horas, fosse presenciar dali, do alto de sua arrogância, uma grande batalha jurídica, com severas acusações e dramáticas defesas, nas réplicas e tréplicas dos dois contendores, naquele dantesco teatro jurídico, que deveria ser iniciado no intuito de convencer os jurados — com suas expressões corporais e palavras, ditas em terminologias do vernáculo latino, completamente ininteligíveis aos simples mortais — da provável inocência ou efetiva culpa do réu em questão.

O júri estava composto, cumpridos os rituais iniciais. À frente, o corpo de jurados; à direita, o promotor, pronto para iniciar suas acusações, ciente de que seria muito simples mandar aquele garoto para apodrecer nos fundos do cárcere, seria fácil colocar sobre seus ombros o peso enorme de toda culpa do hediondo crime que supostamente cometera. Jamais perderia: tinha nas mãos todos os trunfos e provas materiais mais que consistentes. Ao lado do promotor, Dr.ª Renata, ainda acanhada sem muita experiência, tentava mostrar-se segura, mas seu coração apertava-se tanto dentro do peito que chegava a doer de compaixão daquele pobre garoto.

À direita, o advogado de defesa tentava mostrar-se o mais confiante possível, ainda esperando por aquele milagre, pois esse seria o único meio de salvar seu cliente de uma pena maior, um milagre...! Ao lado do advogado, o réu, em visível abatimento, como um animal acuado prestes a ser trucidado pelos cruéis caçadores, ali representados pelas malhas da Justiça, cega, implacável. Ali estava ele, desesperançado, aguardando somente o veredicto, a máxima pena, o fim dos seus dias de liberdade. Seria traçado ali, a partir daquele momento, o seu destino fatal.

O réu deu uma última olhada com os cantos dos olhos em direção ao seu advogado, numa posição de beatitude, como que pedindo um mudo socorro, num último esforço para continuar livre. Virou-se para trás, com a cabeça, tentando encontrar sua mãe no meio daquele povo, que veio para assistir a sua derrocada final. Ninguém, em sã consciência, admitiria que ele não sairia dali condenado, como culpado. Vislumbrou-a lá, entre os outros sentados nos degraus do coliseu imaginário, só esperando que o leão faminto da Justiça cruel se soltasse e partisse sobre ele para devorá-lo como aos antigos cristãos, e terminar sua curta existência. Ela, sua mãe, como uma rainha, estava lá. Permanecia como uma doce pintura renascentista, emoldurada em uma aura soberana, bem no alto de sua pompa e imponência, inflexível. Alexander sorriu, um sorriso amargo e hesitante, pensando consigo, contrito: "É...! Nada mudou, continua a mesma Vitória".

Nesse instante, o juiz pegou seu pequeno martelo de madeira, deu um leve toque na mesa, e só então se dignou a olhar para a frente, encarando o público, primeiro por sobre a cabeça dos assistentes, no plenário, em seguida os jurados, como que avaliando a competência de cada um deles, numa cobrança velada de critérios e ética. Voltou-se ao promotor, fez um meneio leve com a cabeça como cumprimento e misto de cumplicidade; e logo ao advogado de defesa e ao réu, como também ao escrivão ao seu lado. Voltou a olhar novamente para o réu, num movimento rápido, infinitamente desconcertado, como se não o houvera visto (não o distinguira da primeira vez), e de novo fixou nele os olhos flamejantes, esticando o pescoço abruptamente em sua direção, buscando aproximar-se para torná-lo mais nítido e melhor visualizá-lo, como se não acreditasse no que via, ou talvez não seria verdade o que estava vendo: seriam visões...!

Olhou rapidamente em direção ao promotor, de forma inquiridora, como se exigisse explicações do que ocorria, e deparou-se com um rosto frio, inacessível, uma muralha talhada em mármore, inabalável. Quando retornou a olhar o réu... "Não é possível!", pensou? "Deve ser ilusão de ótica!" Seus olhos ficaram completamente vidrados; seu rosto, desfigurado. Permanecia incrédulo, inteiramente conturbado, parecia estar em pânico, sua alma emitia gritos abafados, que inchavam e faziam seu peito doer — dores horríveis.

Estava envolvido por demônios com seus garfos sinistros, que rompiam sua carne, abrindo feridas profundas, levando-o ao desespero, ao horror.

A assistente do promotor e todo o público contemplavam, silenciosos, perplexos, aquela comoção interior do juiz. O próprio Alexander, que se mantinha cabisbaixo, ergueu a cabeça, e aí seu semblante modificou-se prontamente, como se uma nuvem de esperança se abrisse a sua frente. Fixou os olhos no juiz por longos e intermináveis segundos. Sem piscar, aqueles profundos olhos verdes penetraram nos olhos do juiz, exercendo uma atração angustiante, forçando-o a manter-se estagnado, hipnotizado, indiferente ao que se passava no íntimo daquele homem perplexo, que parecia mergulhado e preso à tempestuosa torrente verde que ainda mais o atormentava, profundamente. Sentia-se angustiado, como se estivesse se afogando, debatia-se como um náufrago, faltava-lhe o ar, não conseguia afastar seu olhar, fugir daquela incrível força que o aprisionava. Nada além de dois olhos serenos, até há pouco abalados, e que voltaram a brilhar intensamente. Um leve sorriso abriu-se em seu rosto e permaneceu triunfante, deixando seu advogado muito intrigado, questionando, desorientado, sem por um segundo sequer imaginar ou desconfiar do que estaria acontecendo! "Será o meu milagre?"

Dr. Ernesto mais uma vez fitou firmemente os olhos do réu. Todo o sangue do corpo pareceu migrar para o rosto do eminente juiz a ponto de fazer suas veias da face ficarem visíveis, num emaranhado de traços azuis. Os olhos esbugalharam-se, e a impressão era de que saltariam do rosto, colocando-se para fora da esfera de sua cabeça; brilhavam como brasas incandescentes.

Nenhuma das pessoas presentes entendia o que estava se passando. Que mal teria acometido o juiz tão repentinamente? O que estaria acontecendo para deixá-lo naquele estado de intensa perturbação interior? Estaria tendo um enfarte, uma crise? Mais desconcertadas ainda ficaram quando, após os intermináveis segundos de olhar fixo e perdido na direção do réu, o juiz levantou-se bruscamente, jogando a cadeira ao chão, e dirigiu-se apressadamente ao seu gabinete. Saiu sem dizer nada, cambaleante, trôpego, entrou em seu gabinete, fechou a porta por dentro, deixando a plateia estática, patética, silenciosa, esperando pelo desenrolar dos fatos, ou por qualquer determinação, uma ordem. Todos se olharam reticentes, apreensivos, e ficaram aguardando pelo resultado daquele ato intemperante, daquela coisa tão estranha que acabaram de presenciar.

— Alexander...! Esclareça-me, por favor: você pode me dizer o que está acontecendo? O motivo desse sorriso idiota? O juiz quando olhou para você, e a impressão que tive foi de que trombou violentamente contra uma parede, ficando completamente aturdido.

— Acho que esse é o milagre que estava esperando.

— Quem lhe disse isso? Pensei alto ou você agora lê pensamentos?

— É nítido e evidente, meu caro doutor: só um milagre me salvaria. Está escrito no canto do processo aí ao lado, sobre a mesa. O doutor deve ter escrito isso inconscientemente, mas era essa a única realidade. — E apontou o local em que estava escrito à caneta a palavra "Milagre".

— Coloque-me por dentro dessa história, preciso saber o que há entre você e o juiz.

— Vai saber... Vai saber, sim. Fique calmo, doutor, vai saber.

O policial que fazia o trabalho de segurança do tribunal aproximou-se do réu e do advogado de defesa, comunicou a decisão do promotor de retirar o réu do tribunal e levá-lo à sala lateral e aguardar o desfecho do ocorrido.

O promotor público aproximou-se do advogado de defesa, e, num rápido acordo, acharam melhor aguardar uma nova data para o julgamento, isto com o réu em liberdade, pleiteou o advogado, até que tudo se esclarecesse. Evidentemente que, nesse caso, teriam de fazer um pedido ao juiz substituto, que poderia ser feito por meio de um habeas corpus.

Os presentes, contudo, não arredaram os pés do local, ninguém se afastou, todos ficaram ali na expectativa de uma explicação, ou de como seria o desfecho, ou, até tomar-se conhecimento dos resultados, estavam todos muito ansiosos por informações. Voltou a se ouvir aquele burburinho.

Renata esgueirou-se por entre os móveis do tribunal, aproximou-se e postou-se ao lado do Dr. Geraldo com uma voz meiga e suave, como que tentando arrancar-lhe um segredo.

— Como vai, doutor? Sou Renata, assistente da promotoria...

— Estou sabendo. Muito prazer, sou Geraldo! — respondeu, sorrindo, um tanto indignado pela aproximação sorrateira.

— Que transtorno, hein...! Coisas muito estranhas acontecem hoje neste tribunal, não acha?

— Sim, é muito estranho — concordou, balançando a cabeça de maneira afirmativa, olhando-a de soslaio, um pouco desconfiado.

— Vai impetrar um habeas corpus em favor de seu cliente, doutor?

— Acha que devo?

— Levando em conta que não é culpa dele o atraso no julgamento, acho que pode, sim, conseguir uma liminar para que ele aguarde em liberdade o novo julgamento. Quanto a responder em liberdade, já fiz um acordo com o promotor.

— Mesmo assim, vou apreciar essa sugestão. Mas pode me dizer qual o interesse?

— Nenhum... Só uma observação. Talvez tenha ficado comovida com a aparência do rapaz... Mas... quem é aquela mulher lindíssima que chamou atenção de todos?

— Vitória? É mãe do garoto.

— É mesmo...? Mãe do réu!

— Mas diga-me, doutora (se puder, logicamente): o que a está deixando tão intrigada e curiosa a ponto de me procurar?

— Alguns grilos... intuição... curiosidade.

— Intuição feminina...? Por quais motivos?

— Não foi nada, não, doutor. Foi um prazer tê-lo conhecido. Vou lá dentro tentar saber o que está se passando... Até outra oportunidade!

Ela já ia se afastando, com um leve aceno de mãos, quando voltou ao ser chamada.

— Doutora... não gostaria de almoçar comigo?

— Hoje não. Qualquer dia, talvez, mas obrigada, assim mesmo.

— Fique com meu cartão. Quem sabe queira conversar mais em outra ocasião.

— É! Quem sabe...

Renata não era o tipo de mulher que se pudesse dizer "que maravilha!" Mas era uma jovem bonita, cabelos castanhos bem claros, quase loira, olhos claros, 1,68 m de altura e curvas generosas, bastante sensual. Deixou o advogado sonhando acordado, vendo-a afastando-se, balançando a saia azul-marinho, comum às funcionárias do fórum.

Na antessala do gabinete do juiz, estavam aguardando algumas pessoas, inclusive o promotor, quando Renata o abordou, tocando-lhe levemente o braço.

— Pois não, doutora! Do que precisa?

— Levei os documentos que estavam sobre a mesa para a promotoria e vim ver se posso ser útil. Alguma novidade em relação ao juiz?

— Não. E não precisamos de nada. A senhorita está dispensada por ora.

— Obrigada, doutor, mas... posso lhe fazer uma pergunta?

— Não, doutora. Está dispensada.

— Até amanhã, doutor. — Ela fechou a porta da antessala e deixou o local apressadamente, sem, contudo, obedecer às ordens do promotor. Jamais iria embora sem saber o desfecho daquela história, que a deixava cada vez mais curiosa.

Quando todos já estavam se inquietando com a demora do resultado, alguns dando mostras de impaciência e se preparando para ir embora, ouviu-se um barulho estranho, parecia um estampido de revólver, um tiro! Dentro do tribunal!

Aquele som ecoou por todo o prédio. Estarrecidos, todos se olharam interrogativamente, e notou-se uma movimentação mais intensa. Imediatamente alguns se dirigiram para o local de onde veio o barulho, mas estancaram-se todos, de uma única vez, diante daquela cena incompreensível, irremediavelmente abalados.

O juiz ficou só em sua sala por longos e incontáveis minutos, que pareciam uma eternidade. Com as mãos apoiando a cabeça e cobrindo os olhos, "notava-se uma crise depressiva severa": foi o que o meirinho disse ao promotor, com a segurança de quem tinha muita experiência. Parecia um médico dizendo aquilo, logo depois que olhou sorrateiramente pelo buraco da fechadura daquela antiga porta de madeira. O juiz abriu cuidadosamente a gaveta da escrivaninha, retirou de lá um velho revólver, abriu o tambor, verificou se estava carregado, levou-o à altura do peito, encostou o cano no meio do tórax, segurando-o com as duas mãos, com firmeza, e bem devagar foi acionando o gatilho. Ergueu a cabeça para não olhar o ato covarde que estava premeditando, encostou-se mais comodamente na cadeira, respirou profundamente, num ato de contrição, e naquele instante deu-se a consumação.

Um tiro!

Forçaram a porta e apressadamente a abriram, num esforço desesperado. Depararam-se com o cadáver inerte, pálido como cera, do homem ambicioso e prepotente que sempre fora, agora um corpo sem vida. Seus olhos esbugalhados permaneciam abertos, mirando o infinito vago, sem mais poder enxergar nada, nem julgar mais poderia. O ato criminoso que cometera ao eliminar sua própria vida seria julgado em um outro tribunal, só não se sabe em que esfera, nem qual seria seu juiz supremo. Um fio de sangue corria pelo buraco provocado pelo projétil, tingindo de vermelho a alvura do tecido branco da camisa. A arma do crime repousava sobre seu colo inerte, e as pessoas ficaram ali paradas, sem entender o motivo do infame ato.

1
O RETORNO DOS CAMPOS DE BATALHA

I

O dia estava maravilhoso, e o clima não poderia ser melhor. O Sol, com seus raios brilhantes, banhava toda a bucólica cidade do Rio de Janeiro, a majestosa capital da República, dando-lhe um colorido especial, uma luminosidade vitoriosa, espalhando alegria, cortando as serras e montanhas que circundavam a cidade, trazendo esperanças, valorizando aquele glorioso dia de verão. Justamente quando o presidente Getúlio Vargas, acompanhado de seus assessores diretos e da cúpula de ministros, inclusive do ministro da Guerra, em carro aberto, acenava para todos os lados como se fosse herói absoluto e sozinho tivesse vencido a guerra. E assim seguia com todo aparato em direção ao Cais do Porto receber as Forças Expedicionárias Brasileiras que retornavam dos campos de batalha em terras italianas, após participar, ao lado dos Aliados, da mais sangrenta das guerras, em que muitas vidas haviam sido ceifadas. Mas o que contava era exatamente o dia tão esperado, após o fim da guerra, do retorno dos soldados brasileiros, um bom e claro motivo para mascarar a verdadeira situação do país, que passava por momentos políticos bastante delicados. Posar ao lado das Tropas Expedicionárias que retornavam vitoriosas, que lutaram bravamente pela liberdade, enquanto o povo brasileiro vivia uma ditadura, evidentemente marcaria pontos a favor do presidente.

Getúlio Vargas aproximou-se e abraçou o jovem tenente que, com grande esforço, amparado em uma muleta, desceu a rampa do transatlântico que os houvera trazido. O tenente voltava ferido na perna, e estava ali, naquele momento, a figura ideal para uma foto jornalística, e não poderia haver cenário mais adequado. No dia seguinte estaria estampada, nas primeiras páginas dos jornais de todo o país, a foto do soldado ferido em campanha, mochila nas costas, ao peito uma medalha reluzente.

Mal sabia o presidente que também estava proporcionando o melhor dia de toda a vida daquele obtuso tenente, que estava ali, naquele momento, sentindo-se realizado. Este nunca saberia exatamente que participava de uma farsa, que estava sendo usado. Apesar da aparência horrível, do ar cadavérico, da expressão de cansaço, da pele ressecada e queimada pelo sol, das intensas incursões nas difíceis batalhas, era tudo o que queria, aparecer ao lado do presidente, que da mesma forma tinha de criar e apresentar heróis, valorizar seu espírito populista e melhorar sua imagem diante do povo.

Terminadas as fotos, o sorridente presidente virou-se pela primeira vez ao oficial ao seu lado.

— Como te chamas, meu filho?

— Jarbas... Jarbas, senhor presidente. Jarbas Deodoro de Barros e Silva, tenente do Exército Brasileiro, senhor.

Disse o seu nome e posto com tanto orgulho e prepotência que nem a si próprio a resposta lhe soou bem aos ouvidos.

— Onde conseguiste esse ferimento, soldado?

— Na tomada do Monte Castelo, senhor. Foi uma batalha e tanto.

— Sim, estou sabendo...! Obrigado, filho. Seus parentes devem estar ansiosos esperando por ti. Vai até eles.

— Foi uma honra, senhor presidente.

O tenente descendia de uma tradicional família de militares; seu pai chegou à patente de general, quando passou para a reserva; seu avô serviu sob as ordens do Duque de Caxias, na Guerra do Paraguai, com a patente de tenente, mas voltou das campanhas paraguaias tão debilitado pelas inúmeras malárias adquiridas na fronteira que não pôde gozar por muito tempo o orgulho de grande soldado, vencedor de batalhas. Morreu, assim que retornou para sua casa, de febre amarela, uma doença que assolava o país.

Seu pai, apesar de já estar na reserva, não perdeu a oportunidade de vestir sua velha, mas conservada, farda de general e se aproximar, e, antes de abraçar o filho, cumprimentar o presidente, procurando conseguir suas benesses — seu filho queria permanecer no Exército —, a que o presidente respondeu com um aceno, um meneio de cabeça, em sinal de consentimento.

Sua mãe foi quem o abraçou primeiro e mais longamente, passando as mãos por sobre seus cabelos desalinhados e compridos. Apesar da pouca idade, já alguns fios brancos se realçavam por entre a vasta cabeleira negra. Seu rosto magro, de feição doentia, e seu corpo era alto e esquelético destacavam mais seus olhos grandes de um tom acinzentado. Parecia estar desidratado pelo castigo da guerra e pela má alimentação.

— Meu filho! Que bom que voltou! — E as lágrimas desciam na velha e enrugada face cansada da mãe, que firmavam mais as marcas de expressão e as diversas rugas.

— Não faça isso, mãe, não precisa chorar, afinal estou de volta e coberto de glórias.

— Não sei onde está guardada essa glória, meu filho. Tantas vidas se foram, tantas misérias sobraram, quantos inocentes sofrem uma guerra de interesses que não nos diz respeito, aqui do outro lado do mundo; não temos ideia por quem e a quem valeu essa glória.

O tenente não soube o que responder, também não sabia por que lutara, seu pai no momento foi quem o socorreu com palavras:

— Não ligue, filho! Sua mãe não sabe o que é lutar pela pátria, pela liberdade, contra a tirania.

— É...! Para lutar contra a tirania, não é necessário ir tão longe; temos o nosso próprio tirano — respondeu ela, com toda sabedoria de mãe.

— Vamos embora, filho. Sua mãe nunca está contente. Agora vá descansar, recuperar suas forças, o presidente vai dar uma festa no Palácio do Catete, e pode crer: seremos convidados.

Uma noite de sonhos memoráveis, uma festa digna das mil e uma noites. A recepção deu-se no salão nobre do Palácio do Catete, com a presença das maiores autoridades do país, de artistas famosos do Rio e de São Paulo, das mais belas atrizes e vedetes dos teatros da moda, de cantores e cantoras de sucessos internacionais, todos tentando se mostrar amigos e mais próximos do presidente.

Uma festa digna de um imperador, não obstante o país defrontar-se com uma crise de identidade política. O presidente, um ditador, como todos os outros que caíram diante de uma ofensiva sangrenta, de uma guerra insana, buscava firmar-se no poder. Apesar de ter realizado grandes mudanças no âmbito social, criando o salário mínimo, a carteira de trabalho, as garantias trabalhistas, a previdência social, a indústria siderúrgica nacional, mesmo assim, a oposição impunha-lhe severas críticas e a população ansiava por liberdade, principalmente os industriais e poderosos burgueses nacionalistas, que gritavam a todo canto clamando por mudanças políticas. Os jornais detalhavam em suas manchetes a enorme incoerência do ditador: ao mesmo tempo que mantinha um regime de exceção e plena austeridade, mandava jovens brasileiros para lutar e morrer no campo de batalha de terras tão distantes, ao lado de estrangeiros não menos jovens, para tombarem por terra suas respectivas e preciosas vidas, por motivos semelhantes aos que enfrentavam todos os brasileiros, o nepotismo da ditadura.

Mas, para o jovem tenente, que conseguira retornar com vida, e para o governo, que necessitava produzir heróis condecorando alguns soldados da Força Expedicionária, aquela era uma grande noite. Para o governo, uma propaganda positiva; para o tenente, a glória, afinal conheceria muita gente nova, entraria para o seio da fina flor da sociedade carioca e muito provavelmente seria um dos centros das atrações — quem sabe não fosse naquela oportunidade promovido e permanecesse no Exército?

Quando atravessou o portal do enorme salão de festas, sob as grossas cortinas de veludo vermelho escuro, imaculadamente limpas, já se mostrava com uma aparência muito melhor do que aquela em que se apresentou no cais do porto; recuperara alguns quilos, aparara os cabelos, a pele estava refeita e reidratada, já conseguia andar sem o incômodo daquela desagradável muleta: apesar de continuar mancando e andar com certa dificuldade, nem sentia as dores que o ferimento provocava ao forçar-se para andar. Estacionou em baixo do grande portal como uma pintura solitária entre uma moldura de madeira; suspirou profundamente, correu os olhos por todo o salão, ajeitou melhor seu impecável uniforme militar, aprimorou a postura e foi descendo a escadaria devagar, até chegar ao piso-base, em mármore mesclado em trabalhos às vezes claros, outras vezes escuros, que davam um sentido nobre ao vasto salão. Ao fundo uma orquestra recepcionava com melodiosas músicas clássicas todos os convidados que chegavam para a belíssima festa de recepção aos heroicos pracinhas brasileiros.

Todos foram regiamente ovacionados, com salvas de palmas, palavras de agradecimentos, acalorados discursos de boas-vindas das autoridades. Sentiam-se verdadeiros heróis, e o tenente Jarbas alinhou-se na clássica postura militar, estufou o peito, abriu um largo sorriso, quando sentiu a aproximação do presidente, que naquela noite voltou a cumprimentá-lo estendendo-lhe a mão, agradecendo o esforço de ter vindo à festa. De repente, aproximou-se também uma linda jovem morena com mais ou menos a sua altura, olhos castanhos escuros, cabelos negros lisos, colocando em sua mão um copo de champanhe. Ela sorriu com suavidade e afastou-se sorrateira, da mesma forma que chegou, deixando o tenente atônito e sem saber como proceder, se a seguia com os olhos ou se somente dava atenção ao presidente, permanecendo todo embaraçado com aquela abordagem desconcertante, desavisada e ao mesmo tempo tão agradável. O presidente sorriu matreiramente, acompanhando-o no olhar indiscreto à moça, que se afastava rapidamente.

— Pelo que vejo, já despertaste alguma cobiça, tenente. És solteiro, chê?

— Sim, senhor, sou solteiro e descompromissado.

— Não deixaste algumas prendas além-mar? Temos conhecimento de que vários soldados deixaram suas sementes em terras italianas.

— Não, senhor. Não é o meu caso. Nem saudades deixei por aquelas bandas.

— Compreendo. Vai te divertir, afinal a noite é de vocês. Procura a moça, tenente.

— Ah...! Senhor presidente?

— Não te preocupa, meu filho. Vais continuar no Exército e serás promovido. Diverte-te.

— Obrigado, senhor presidente. — Jarbas respondeu, mas pensou consigo: "Será que este homem tem poder de ler os pensamentos? Ou adivinhou o que eu pediria?"

"Bem, deixe para lá", decidiu, e com os olhos procurou por todo salão tentando reencontrá-la. Seu coração pulsava descompassado, pensando com muita alegria: "Não é possível que isto esteja acontecendo comigo, uma promoção e aquele anjo maravilhoso me encontrar no meio de tanta gente".

Procurava, quando vislumbrou aquela doce visão, dentro de um vestido longo em tom verde-claro, com florais em ramos coloridos e um longo xale dourado adornando seus ombros, realçando sua silhueta, causando a impressão de uma linda bailarina espanhola pronta para tocar suas castanholas. Lá estava ela, recostada a uma grossa pilastra de sustentação do prédio, com seus lábios grossos sorrindo com a segurança de que seria insistentemente procurada. Demonstrando muita confiança, ergueu a taça de champanhe que segurava, num gesto de quem queria brindar a alguma coisa boa ou agradável.

Com alguma dificuldade para andar e passar por entre os convidados, o tenente lentamente seguia coxeando por entre os presentes, por força do ferimento na perna, até acercar-se da deslumbrante dama, ainda sem saber o que falaria, qual seria a abordagem quando se defrontasse com aquela visão do paraíso. Vinha ensaiando algumas falas, mas, para sua sorte, foi ela quem iniciou o diálogo.

— A guerra às vezes deixa marcas dolorosas. Está doendo muito o ferimento?

— Não...! Agora não tanto.

Ao vê-la, tudo passou como que por encanto, foram-se as dores. A presença dela era como um bálsamo que aliviava e curava as dores, sua beleza rompia todas as barreiras e dificuldades.

— Que cavalheiro...! Aparenta ser mais um poeta que um soldado.

— Não é todos os dias que me deparo com uma musa tão inspiradora. Meu nome é Jarbas — disse, estendendo a mão num sincero cumprimento.

— Pelo seu sotaque, creio não ser carioca.

— Não, sou paulistana. Meu nome é Helena.

— É muito bom conhecê-la. Posso saber como chegou até aqui, para minha felicidade?

— Vim com a Lana, ela é amiga do presidente.

— Lana? A grande dama do teatro de revista. Você é corista?

— Não! — respondeu Helena, com um sorriso pálido. — Vim ao Rio de Janeiro tentar a sorte como cantora, na esperança de entrar no rádio. Participei de um concurso de novos talentos na Rádio Nacional; Lana, a vedete, é quem me incentivou, é amiga da família, e estou em casa dela.

— E como foi o concurso?

— Não muito bem, não fui classificada, havia muitas concorrentes e todas muito boas. Não tenho chance.

— Bem, talvez esteja aí a minha sorte, talvez a chance seja toda minha.

— Quem sabe! — respondeu ela, com novo sorriso.

II

Helena não aceitou casar-se em agosto. Apesar de se considerar uma moça moderna, uma professora formada, tinha suas superstições e, consequentemente, caprichos. O mês de agosto não seria um bom mês para o casamento, o que não foi contestado pelo noivo, Jarbas. Aliás, preferia até que o casamento fosse realizado no ano seguinte. Logo após o término da guerra, em maio de 1945, começaram os conflitos políticos, ideológicos e de classe no país; falava-se em golpe, em derrubar o governo, em novas eleições, enfim... A insatisfação estava generalizada; a pressão sobre o governo era tanta que até os militares se mostravam insatisfeitos e contrários ao presidente; a extrema direita organizava-se e até mesmo tinha uma indicação para assumir o governo: não menos que o ministro da Guerra Eurico Gaspar Dutra.

O tenente Jarbas, agora capitão, fora transferido para São Paulo, mas constantemente era designado para outras regiões em função da inconstância política, e com isso conseguiu adiar o casamento para maio de 1946, o que pareceu a todos uma medida coerente, pois em outubro de 1945 o Exército interveio militarmente no governo Vargas e forçou uma eleição democrática no país em dezembro de 1945.

O casamento realizou-se nos moldes tradicionais, sem a badalação dos grandes eventos sociais e as pompas de um conto de fadas, como pretendia Helena e como toda noiva sonha quando chega esse memorável dia, um dia que marca para sempre a vida das jovens sonhadoras. Muitos convidados se aglomeravam na entrada e nas escadarias da Igreja de Santa Ifigênia em um dia de fina garoa e temperatura fria, característica do mês de maio, o que pouco incomodava os presentes. A felicidade contagiava, visto que a maioria era parente da noiva e morava em São Paulo, acostumada, portanto, com as intempéries. A única preocupação no momento seria a entrada da dona da festa, que chegou como manda a tradição, mais de 30 minutos atrasada, dentro de um Cadillac preto, sorrindo um sorriso de plena alegria. O fotógrafo correu para ajeitar a noiva e conseguir uma melhor posição e luminosidade; as fotos tinham de marcar o grande dia com muito esmero e qualidade.

Depois das fotos da chegada, algumas amigas imediatamente a ajudaram a descer do veículo, sem permitir que o longo vestido branco tocasse o chão molhado. Os portais da velha e imponente construção da igreja foram abertos, e ela entrou deslumbrante, majestosa. Seu rosto iluminava ainda mais o ambiente interno, que estava repleto de cores e enfeitado com velas e buquês de flores por toda extensão do corredor, e que ladeavam o grosso tapete vermelho aos seus pés, que parecia flutuar em passos suaves e cadenciados. Toda aquela pompa trazia aos presentes e à noiva o real esplendor do grande dia, o som da marcha nupcial ecoou por todo salão, e os primeiros passos foram dados em direção ao altar, onde deveriam selar o compromisso perante Deus de amor eterno, uma aliança inquebrantável.

No alto, ao lado do altar, esperava o noivo, nervoso, mas cheio de orgulho, vestido em seu novo e reluzente uniforme militar de gala, enfeitado de galardões e medalhas. "Como podia ser tão longo aquele corredor?" Parecia interminável, e Helena seguia pensando que estava realizando o seu primeiro grande sonho, porém abandonaria todos os seus projetos anteriores, a vontade de se tornar artista, uma cantora famosa, para ser esposa e futura mãe, a realizar-se ao lado do homem de sua vida, que parecia tão meigo, tão cavalheiro e demonstrava tanto amor, apesar do curto tempo de namoro. Mas ela estava feliz e amava o noivo, e aquela seria a grande realização de sua vida. E seguia sonhando acordada, seus pensamentos transbordavam, parecia planar como uma pluma leve sobre o tapete vermelho, entre os buquês de flores recheados de doce perfume, a caminho da felicidade e da realização conjugal.

As jovens solteiras suas amigas contorciam-se de inveja e sonhavam também com esse dia, com aquele vestido branco todo bordado de pedrarias finas e com a grinalda de flores de laranjeira, que davam a Helena um toque de rainha, exaltavam sua beleza, formando um conjunto de harmonia perfeita, com a leveza dos gestos e a bucólica e suave música que inundava toda a nave da velha catedral.

III

A grande decepção surgiu já na noite de núpcias. A noiva esperava um ritual de sedução, juras de amor eterno, delicados toques, carícias e momentos de ternura, um envolvimento de inebriante magia, longos beijos, doces palavras, todo um encantamento, um noivo carinhoso e sensual, o primeiro passo em direção ao paraíso matrimonial. Mas Jarbas quebrou todo o encanto já lua de mel, mostrando-se um sujeito traumatizado, corrompido pelas neuroses adquiridas na guerra, insegurança pessoal, carregado de estranhas manias e gostos sexuais, completamente diferente do Jarbas que conhecera, educado, servil. O cavalheiro que se apresentara a ela pela primeira vez agora era grosso em seus gestos, agressivo, impaciente, nada daquele que a esperava no altar todo garboso e sorridente.

Seus sonhos desfizeram-se, logo no primeiro momento de casados, em uma relação traumatizante, mas que infelizmente selava para sempre seu compromisso com aquele sujeito egoísta, arrogante e prepotente. O casamento já se configurava uma relação em que ele mandava e ela obedecia, aquela em que "lugar de mulher era na cozinha" e em que, na hora em que o homem precisasse, ela teria de estar pronta para satisfazê-lo nos seus mais vorazes instintos, levando-a uma categoria inferior.

Helena suportou aquilo com resiliência e paciência, esperando que fosse passageiro. Passada a tormentosa e traumatizante noite de núpcias e decepcionante lua de mel, transferiram-se, à ordem do comando do Exército, para a região amazônica e foram morar em Belém do Pará, permanecendo isolada em um ambiente completamente novo. Não lhe era dado o direito de novas amizades ou um relacionamento mais cordial com as pessoas da região, seu contato era exclusivo com o pessoal do Exército, num isolamento quase total: só se comunicava por cartas e não podia relatar a sua mãe o seu sofrimento, o grande arrependimento de ter se casado e como estava sendo tratada, pois, como todos na época pareciam comungar da mesma cartilha, mais valia um bom casamento do que qualquer outra atividade.

E carregou sua cruz por longo calvário, até que em 1955 achou que tudo mudaria após longos anos de casada: sentia que estava grávida e que aquela gravidez poderia alterar o comportamento do marido. Depois de nove anos, Deus resolveu abençoá-la com uma gravidez, que não fazia ideia de por que não acontecera antes. Pensava que talvez, por viver sob intenso estresse emocional e pelo trauma da primeira noite de núpcias, que até então perdurava, não conseguisse engravidar, o que deixava o casamento ainda mais monótono e desagradável.

Naquela tarde quente do dia 10 de março de 1955, o mal-estar momentâneo que a princípio pensou estar sendo causado pelo calor úmido da região e os percalços da vida conjugal foram deixados para trás, e após nove anos o sorriso amplo voltava a colorir de felicidade aquela face meiga, que até então permanecia sempre contida de evidentes pesares, já começando a ser marcada por várias rugas de expressão. Voltava do consultório do capitão médico do destacamento com a certeza de que estava grávida; não estava acometida de nenhuma doença tropical, estava realmente grávida.

Quando Jarbas abriu o pequeno portão de madeira que enfeitava a frente da casa, Helena esperava sorridente debaixo da soleira da porta, alisando a barriga e suavemente acariciando o feto que mal iniciara formar e que ainda não devia sentir nenhuma manifestação externa, mas ela estava ali com a cabeça cheia de fantasias, tinha ali a oportunidade de voltar a sonhar.

Jarbas aproximou-se, perguntando num tom seco, direto:

— Que cara é essa, mulher?

— Adivinhe o que o médico me confirmou hoje!

— Que vou ser obrigado a interná-la num manicômio, porque, com essa cara de idiota, deve estar ficando louca.

Helena sentiu um leve tremor, como se um balde de água muito fria tivesse caído sobre sua cabeça, levando tudo novamente por terra, suas doces fantasias. Por mais que convivesse com aquele homem, não conseguia entender o porquê de suas maneiras grosseiras, nem o motivo de tratá-la daquele modo; um homem que no início se mostrava tão elegante, carinhoso, compreensível, e ela procurava fazer tudo para agradá-lo. Aos poucos, ia transformando seu amor em ódio, entrava em pânico com a aproximação dele, mas, após a notícia que tinha para lhe passar, deveria mudar seu comportamento.

— Estou grávida, vamos ter um filho ou uma filha.

— Até que enfim. Já havia perdido as esperanças... Tomara que seja homem, vai seguir na carreira da família, e vou fazer dele um bom soldado.

— Achei que essa notícia poderia mudar seu humor e melhorar seu comportamento — disse a ele, num momento de muita coragem.

— Por quê? Não está satisfeita? Falta-lhe alguma coisa?

— Você sabe que não são somente coisas materiais, como dinheiro, comida, roupas, uma casa, que fazem a felicidade de uma mulher. Existem outras necessidades, e eu gostaria de ter meu filho em São Paulo, ser acompanhada por um médico especialista.

— Não! — respondeu secamente. Temos tudo aqui, médico, hospital, remédios, tudo de que precisar.

IV

Ernesto nasceu na manhã do dia 11 de novembro de 1955, no Hospital da Beneficência Portuguesa em São Paulo, graças à interferência do general Bruno Correia, que, influenciado por sua mulher, ordenou ao coronel Jarbas que enviasse a esposa para São Paulo para acompanhamento médico específico, e só assim Helena pôde voltar a rever sua família e ter seu filho com segurança e tranquilidade.

Tentou protelar o mais que pôde sua permanência ao lado dos pais e amigos paulistas. Era de sua vontade que o filho que acabara de nascer fosse criado em ambiente de maiores recursos, e Helena relutava em ir embora, em voltar a conviver com pessoas com quem pouco conversava, pois seu marido a tratava em regime de semiescravidão, sempre isolada de tudo e de todos, ao lado de um homem que, antes um sonho colorido, passou a um pesadelo de horrores. Mas estava casada com ele, e não houve meios de convencê-lo a deixá-la em São Paulo mais alguns dias.

Completados dois meses, ele a veio buscar, com seu filho, que só conheceu no início de janeiro de 1956. Nem no Natal se propôs a visitá-la ou ao filho, nem ao menos se dirigiu ao telefone ou mandou felicitação, como é praxe em toda família normal, não demonstrando nenhum carinho ou afeição. Simplesmente chegou, olhou o menino, voltou-se para Helena, disse em tom ausente, sem emoção:

— Pegue suas coisas e vamos embora, o avião espera-nos.

Helena, com o coração apertado, cheia de resignação, concordou com um leve aceno de cabeça, em sinal de total obediência, juntou todos os seus pertences e os da inocente criança recém-nascida, despediu-se dos familiares, e partiram calados. Ela jamais diria a seus pais o que se passava; escolhera aquele casamento e tentaria levá-lo até quando pudesse aguentar, mas sozinha jamais divulgaria sua angústia, sua decepção com o casamento; pelo menos para a família, disfarçaria sua infelicidade.

O avião pousou no aeroporto de Belém já no fim da tarde, logo após a chuva habitual de todos os dias. Morria de vontade de ir conhecer o Mercado Ver-o-Peso, andar pelas ruas, como todas as pessoas, sentir-se gente, ouvir futilidade, enfim, sentir-se viva, pisar as areias quentes do mar, em liberdade. Há muitos anos não fazia isto; desde que casara, o marido não permitia que ela saísse. Quando esteve em São Paulo, já chegou nos últimos meses de gravidez, e só conseguiu ir a algumas lojas específicas para coisas de crianças e ao médico realizar os exames periódicos. Foram poucas as oportunidades de sair da casa de seus pais, mas enfim poderia, a partir daquele momento, contar com a companhia de seu filho, que acabara de nascer. Ela o protegeria e o faria muito feliz, transformaria seu lindo bebê num astro, ele seria tudo o que Helena sonhara ser e não conseguira realizar, teria seu nome destacado em luzes de néon nas marquises dos principais teatros ou cinemas do mundo, ela o educaria para ser um grande artista e jamais permitiria que ele fosse transformado em soldado; odiava do fundo da alma aquela farda verde horrorosa, mas, para isso, teria de se mudar para um grande centro, voltar para São Paulo ou ao Rio de Janeiro.

Ia conjecturando, enquanto o velho Jeep militar balançava pelas estradas a caminho da base. Despertou daquele sonho distante de transformar seu filhinho em rei dos palcos quando ele choramingou de fome, e seus devaneios transformaram-se em fumaça ao erguer a cabeça e ver a sequência monótona de casas uma ao lado das outras, todas na mesma cor (um verde-escuro acinzentado), tristes, encravadas no meio da floresta. O que vez ou outra quebrava a melancolia do lugar era o canto dos pássaros ou o barulho das ondas do mar se arremessando contra os recifes e empurrando a areia da enseada dos pescadores. Essa triste solidão a fizera muitas vezes chorar sozinha, vendo sua juventude esvair-se na obscuridade do tempo inexorável e cruel. Se não arrumasse um jeito de deixar aquele lugar, morreria velha e só, aguentando até o fim os distúrbios psicossomáticos de um marido maníaco-depressivo que conseguira em tão pouco tempo transformar-se num ser desprezível e odiado — nem os colegas de farda o suportavam mais. Por mais de uma vez, teve vontade de matá-lo para ficar livre daquela lastimável união matrimonial. Mas agora tinha um filho, e renasciam as esperanças de uma mudança radical nas atitudes do marido. Rezar para isto, pois já chegara aos limites da razão, não suportava mais.

O tempo passava, e não havia grandes mudanças no comportamento agressivo do coronel Jarbas, nem a presença daquela criança frágil, porém saudável, sorridente, delicada, fizera realizar as mudanças que Helena esperava; continuava o mesmo neurótico. Na verdade, até piorou: deu para beber, o que o tornava muitas vezes ainda mais insuportável. Em momentos de coragem extrema, Helena tentava aconselhá-lo a procurar um médico, psiquiatra ou analista, mas a resposta que recebia sempre vinha ríspida e mal-educada:

— Meta-se com sua vida, que da minha cuido eu.

Nada o demovia. Quase nunca se acercava do filho para um carinho ou uma palavra de incentivo. Ernesto contava exclusivamente com o carinho e a proteção da mãe, que em certos momentos exagerava nos cuidados e na superproteção. O filho era seu maior tesouro, sua fonte de sobrevivência, portanto não descuidava um só momento, criando no garoto uma dependência doentia.

Ernesto crescia num meio desagradável de constantes desavenças conjugais, sentia um medo mórbido do pai, chegava a tremer de pavor quando este se aproximava. Não havia outras crianças por perto, e já estava completando 6 anos de idade contando somente com a companhia de soldados e adultos. Odiava o pai, que só se dirigia a ele, mesmo em presença de estranhos, para chamar-lhe a atenção ou destratá-lo, um pai ausente, grosseiro. Ele o odiava porque via que também sua mãe o odiava, e sua mãe sempre tinha razão. Queria crescer logo e tirar sua mãe daquele lugar, levá-la para longe; sua mãe era tudo que possuía e amava, e do que ela gostava ele gostava da mesma forma.

2

A ADOÇÃO DO MAL

I

A velha ambulância da Prefeitura de São Paulo subia a Avenida Radial Leste em máxima velocidade; sua sirene avisava intermitentemente ao trânsito que tinha urgência. Foi na direção da Rua Dr. Cezário Mota, quando a ambulância passou diante da Igreja Nossa Senhora da Conceição, que a paciente voltou a sentir as fortes contrações. A enfermeira que a acompanhava pediu que respirasse fundo e aguardasse tanto quanto pudesse.

— Só mais uns minutinhos. — A enfermeira acariciou sua testa. — Segure firme, estamos chegando.

— Está doendo muito...! Vai nascer.

Quando a jovem parturiente dizia essas palavras e a enfermeira limpava o suor de sua testa num ato de carinho e dedicação, a ambulância subia lentamente a rampa defronte ao ambulatório da Santa Casa de Misericórdia. A impressão que se tinha era de que não aguentaria chegar à parte plana em que costumeiramente os veículos oficiais estacionavam para desembarcar os pacientes, que a todo instante chegavam e iam sendo ali despejados. Eram pessoas necessitadas e que lotavam as dependências da enfermaria, gente pobre que vinham das favelas e das periferias da cidade em busca de socorro ou atendimento médico, ou por qualquer outro motivo de saúde, muitas vezes só para se consultarem.

Passavam das 6 horas da manhã daquele sábado, 12 de agosto de 1961, um dia chuvoso, e o característico frio com vento, comum nesse mês, persistia, cortava a madrugada úmida do inverno, que teimava em permanecer. O motorista, após algum esforço para fazer parar a ambulância, que derrapava pelo solo molhado, tinha sempre que brecá-la com a ajuda do câmbio; o breque nunca funcionava sozinho. Apeou rapidamente, deixando ainda a porta dianteira aberta, correu para a parte traseira, abriu a porta rapidamente, mas com muito cuidado. A velha Chevrolet ano 51 estava caindo aos pedaços. E gritou a todo pulmão:

— Tragam uma maca, por favor! Quem vai me ajudar com *isto aqui*?

— Por favor, enfermeiro, é uma mulher grávida, um ser humano que necessita ajuda.

— Quem é a senhora? Enfermeira?

— Não — respondeu-lhe a jovem senhora. — Sou voluntária, estou aqui para dar minha cota de contribuição e sacrifício pessoal em benefício dos irmãos menos favorecidos, e não acho que o senhor se referir a uma pessoa como "isto aqui" ou "esta coisa" é adequado!

— Desculpe, dona, não falei por mal. Eu deveria ter deixado o trabalho às 6 da manhã, e a noite foi horrível. Essa tralha velha só dá problemas, mais esse frio alucinante. A senhora tem razão...

Joana, a enfermeira do plantão, chegou rapidamente com a maca e, apressada, foi perguntando da paciente e se tinha acompanhante.

— Não tem outro acompanhante, dona Joana. É uma gestante a ponto de dar à luz. Está tendo contrações a cada 5 minutos, a bolsa já estourou faz tempo — respondeu a enfermeira acompanhante.

— Onde a encontraram? Tem algum documento?

— Encontrei-a na favela, nas imediações da Vila Mariana. Alguns vizinhos da moça pularam diante da ambulância, fui atender uma outra ocorrência, mas, lá chegando, o sujeito já estava morto; aproveitei o carreto e trouxe-a para cá.

— Fez muito bem. Vamos, minha filha, cuidaremos de você, fique tranquila — disse Joana para a moça em trabalho de parto.

Esta estava bastante pálida, num misto de dor e desnutrição; os cabelos, desgrenhados; a roupa, suja. Estava sofrendo contrações seguidas e trazia uma expressão de dor, de sofrimento. Apesar de seu estado deplorável, no entanto, percebia-se que era muito jovem, não devia ter mais que 22 ou 23 anos de idade. A pele era clara; os cabelos, entre o ruivo e o loiro. Com traços europeus e um semblante bonito, a jovem parturiente estava dando entrada como indigente, e foi encaminhada direto para a sala de partos da enfermaria.

— Como se chama, meu bem? — perguntou carinhosamente a enfermeira, enquanto a preparava para colocar no mundo uma nova vida.

— Clara...

— Clara do quê, filha? Trouxe documentos, roupinhas de bebê?

— Clara Barbosa... Não trouxe nada, senhora, não tinha nada para trazer, nenhum enxoval.

— Vou providenciar algumas roupas, filha, para você e para a criança, fique tranquila — disse-lhe a enfermeira, enquanto afagava o rosto da paciente num gesto de carinho.

Dona Joana era uma enfermeira jovem também, mas já tinha muito amor pelo seu trabalho, por isso o fazia com muito carinho. Transmitia muita calma e serenidade aquela negra bonita e lépida, fazia tudo com muito jeito, e sempre rápida, esperta.

— Todos os sábados temos aqui algumas voluntárias que fazem um plantão de caridade. Dona Julia trabalha gratuitamente aqui no ambulatório da maternidade, aos sábados — dizia Joana, talvez querendo distrair a paciente, enquanto o obstetra não chegava. — Essas mulheres buscam sempre dar sem receber, ajudam os necessitados por pura caridade. Às vezes penso que ela é uma mulher infeliz... Um dia me segredou que não poderia jamais ser mãe, era estéril... Penso que esteja aí o motivo de sua infelicidade...

E a jovem parturiente ouvia tudo sem entender bem o porquê daquele monólogo sem fundamento, enquanto se contorcia em dores. O médico não chegava nunca.

A enfermeira continuou falando:

— A pobre já há oito anos que é casada e até hoje não pôde dar um filho ao marido. Disse-me ela que ele não reclama, mas não demonstra muita alegria no casamento, fica sempre muito contrito, desde que soube que a mulher era estéril. Foi como uma ducha de água gelada quando o Dr. Sinézio deu a trágica notícia de que ela jamais poderia dar à luz. Sugeriu até mesmo que adotassem uma criança... Bem, acho que vou levá-la direto à sala de partos... — interrompeu a história.

Nesse momento entrava ali a voluntária com algumas peças de roupa limpas nas mãos.

— Não seria melhor esperar o médico, Joana?

— Não dá tempo, dona Julia. Já vai nascer! Se o médico demorar mais, eu mesma faço o parto.

— Não sabemos nem quem é a pobre moça!

— Sabemos que está para dar à luz e não podemos abandoná-la: creio que só isso basta.

— É... tem razão, mas acalme-se, o doutor está vindo.

O menino nasceu alguns minutos depois, de parto normal; apesar de tudo, em perfeitas condições de saúde. Não tinha a pele tão clara como a da mãe; nascera com os dois olhinhos arregalados, e podia-se dizer que seriam castanhos, mas no momento não se podia precisar a cor dos olhos. Apesar do inchaço natural do rostinho das crianças ao nascerem, era um bebezinho lindo, tinha muitos cabelos. Após o primeiro banho, aparentava uma esperteza não muito natural... Quando o levaram para a primeira mamada no peito materno, já eram quase 11 horas da noite.

Dona Julia aproximou-se da jovem e negra enfermeira:

— Joana, como foi o parto da moça que trouxeram pela manhã? Ela está bem?

— Normal... O parto foi normal. O menino nasceu bem, é uma criança linda; apesar das adversidades, nasceu muito saudável. E sabe o que acho?

— Não... Você me conta?

— Que a senhora deveria adotar essa criança, Julia.

— Como?! E a mãe dela?

— Disse que não queria ver o filho, assim não sentiria remorsos quando o deixasse. Precisei insistir para que desse a ele a primeira mamada.

— Ela disse isso?

— Disse mais... Não quer que seu filho leve a vida miserável que está vivendo. O homem que vive com ela, não sei se é marido ou companheiro, é alcoólatra, não trabalha, e ela foi posta para fora da casa dos pais quando notificou sua gravidez. Não tem para onde ir, a não ser voltar para aquela favela imunda de onde veio. Por sinal, nem sabe como chegar até lá.

— Pobrezinha... Vou falar com ela. Podemos ajudá-la.

— Não, dona Julia. Antes de ir vê-la, venha conhecer a criança: é linda, precisará de um lar constituído, como o seu, onde terá carinho, educação e uma formação cristã, digna. Meus orixás estão me dizendo, aqui ó... — Joana apontou o ouvido com o indicador e deu um leve sorriso de canto dos lábios.

— Que é isso, Joana? Você é partidária dessas coisas do demônio? Bata três vezes na boca e peça perdão!

— Não se assuste, dona Julia. Foi só força de expressão. Venha, vamos ver a criança, tenho certeza de vai adorá-la, é a coisinha mais doce que já vi nascer.

— Preciso falar com meu marido...

— Telefone! Peça a ele que venha até aqui.

Dona Julia debruçou-se sobre aquela criaturinha frágil, indefesa e angelical ali no berçário, à mercê das vicissitudes da vida, de um destino incerto. Provavelmente não sobreviveria por muito tempo, ou então sabe-se Deus no que pudesse se transformar ou o que aquela pobre mulher poderia oferecer-lhe de futuro, incertezas, insegurança, fome, misérias. Algumas lágrimas quentes rolaram tênues sobre sua face plena de beatitude; e o nenenzinho lânguido pareceu sentir dentro de si aqueles pensamentos pesarosos, seu rostinho iluminou-se, e ele abriu levemente os olhinhos, como que despertando de um sono profundo. Após um carinhoso chamado, cruzou seu olhar com o dela num pedido mudo de socorro e chorou baixinho, poderia ser de fome. Dona Julia acolheu-o no colo quente e aconchegante; a enfermeira estendeu-lhe a mamadeira e pôs-se a alimentá-lo carinhosamente. Num leve sussurro, iniciou aos seus ouvidinhos uma canção de ninar, enquanto ele sugava forte a pequena mamadeira. Dona Julia suspirou profundamente, recolocou aquele corpinho frágil no berço já novamente em profundo sono.

A insistência foi tanta que Bartolomeu deixou tudo que estava fazendo em casa, não soube dizer "não". Dona Julia foi muito convincente nos seus argumentos, e também no sábado ele não teria o que fazer; se tivesse, poderia fazê-lo mais tarde, o único compromisso mais urgente no momento seria vestir um agasalho, ligar seu velho carro e atender ao chamado da mulher dirigindo-se até a Santa Casa de Misericórdia. O tempo continuava ruim, aquela garoa era persistente, e o vento frio permanecia. Ele teve um leve tremor quando saiu de dentro do carro, ergueu a gola do casaco e fechou o resto dos botões, encaminhando-se para a enfermaria. "O que será que essa mulher está aprontando?", comentou só com seus pensamentos, enquanto adentrava o corredor do ambulatório. Encontrou a esposa na antessala do berçário com um bebê no colo todo agasalhadinho, só o rostinho aparecia. De alguma forma, ela já havia providenciado roupas para ele e para a mãe, e este ficou ali aguardando, com aquela criaturinha doce e cativante aquecida entre os seios.

— Não é lindo, Bartolomeu?

— Sim, muito bonito! — Não falou com muita convicção, só pensou consigo mesmo "Se é que se pode achar um recém-nascido, ainda todo deformado pelo inchaço natural do pós parto, mas... esse já está quase normal, límpido, cheiroso. — É, realmente está bonito. Quem é?

— Nosso filho...

— O que está dizendo!? Que brincadeira é essa, mulher?

— Não quer? — perguntou Julia, enquanto colocava a criança em seu colo, de forma deliberada, deixando Bartolomeu sem ação, visivelmente abobalhado, com um sorriso imbecil, fazendo Joana, a enfermeira, rir gostosamente daqueles modos desajeitados e do medo de que aquela criatura frágil se partisse em dois.

— Julia...? E a mãe da criança?

— Não pretende nem tornar a ver o filho, deixou por minha conta — respondeu a enfermeira, antes mesmo de a esposa se manifestar. — E eu achei que seria de vocês... Acreditam no destino? Essa criança veio ao mundo para ser seu filho, está destinado, sim.

— Temos que ir ao juiz, precisamos arrumar os papéis de adoção. Será um problema!

— Não! Sem juiz, sem papéis, sem problemas. Está aqui nas minhas mãos o atestado de nascido vivo em nome de vocês. Podem ir direto ao cartório e registrar a criança como legítima sem burocracias.

— Isso não é legal!

— Eu sei, mas... não é legal esse bebê morrer de fome, ou ter um futuro marginal ou miserável passando de mão em mão, e vocês sofrendo por não terem um filho. Escute, seu Bartolomeu, quer ou não um filho?

— Claro! Claro... É nosso filho. Como vamos chamá-lo, Julia? Você escolhe. — Já não falava com a mesma entonação, já estava seguro de que aquela criança era realmente seu filho, seu rosto parecia resplandecer de alegria.

O sábado frio, carrancudo, com sua fina garoa, já não incomodava. Ninguém mais prestava atenção ao tempo, os sorrisos e os olhares brilhantes iluminavam tudo à volta deles.

— Escolha você o nome, Bartolomeu.

— Posso...? Posso dar o nome a ele?

— Claro que sim.

— Vai se chamar Helder, como meu avô. Que acham?

— É lindo... Um nome forte: Helder — repetiu dona Julia, enquanto beijava o marido e a criança, num ato de agradecimento e meiguice ao mesmo tempo.

3

O SURGIMENTO DAS PROVAS
E O PROMOTOR

I

Os gabinetes da promotoria pública ficavam no andar de cima; bem em frente ao corredor, o do promotor público Dr. Helder, exatamente sobre o palco do Tribunal do Júri. Dr.ª Renata juntou toda a papelada que ficara dispersa sobre a mesa do Dr. Helder e levou-as para a sala da promotoria, mas não resistiu à curiosidade de dar uma olhada naqueles papéis. Não era só curiosidade feminina, mas interesse de descobrir ou pelo menos tomar mais conhecimento dos fatos que levaram aquele menino a sentar na cadeira dos réus. Chamaram muito sua atenção as reações esboçadas tanto pelo juiz antes do suicídio, depois que este viu o aquele garoto como réu, quanto pelo promotor ao vislumbrar aquele monumento feminino.

Porém, antes de começar a remexer aquele grosso emaranhado de papéis, normas, decretos, expressões e jargões forenses, encaminhou-se até a janela que dava para o pátio defronte ao fórum, debruçou-se atrás das cortinas semicerradas e viu quando o corpo do juiz era levado ao necrotério pelo carro do serviço funerário. "Interessante!", concluiu a assistente, "Aquele homem pomposo, sempre muito elegante, toda vez que deixava o fórum era sempre dentro de um magnífico Mercedes importado com detalhes exclusivos, agora é levado por estranhos em um negro e velho carro funerário envolto em um lençol que já serviu de invólucro a inúmeros outros corpos, dentro de uma caixa metálica com sinais de ferrugens. Neste momento ele é igual a todos os mortais, como todas as outras pessoas, até mesmo como os criminosos que costumava julgar".

Seus pensamentos invadiram-na novamente, embaraçando sua inteligência com perguntas vazias. "Quantos mistérios seriam levados com aquele corpo imóvel?" De repente, sua atenção foi desviada para outro fato. Dr. Geraldo, o advogado negro e inexperiente, quando descia a escadaria principal, foi imediatamente cercado por uma horda de repórteres, jornalistas, fotógrafos e cinegrafistas, ávidos por notícias. Bombardeavam o advogado de perguntas, todos ao mesmo tempo, perguntas desencontradas, e aquilo o estava deixando aturdido. Não havia tempo hábil para coordenar as respostas, eram todas muito rápidas e diretas, vinham de todos os lados. Ele não estava preparado para aquilo tudo; à maioria das perguntas não sabia realmente o que responder, mas era seu momento de fama, uma boa oportunidade de aparecer, teria de se mostrar o mais inteligente possível, estar por dentro do fato em todos os detalhes, portanto respondia a uma ou outra pergunta de que tinha conhecimento ou imaginava que fosse isso. Estendia os braços pedindo licença, ia forçando a passagem por entre microfones e aparelhos de gravação, e entre corpos que se ativaram como uma avalanche de odores diversos e perguntas desencontradas. Sentia-se no momento um *pop star* no auge da fama, e entre empurrões e trombadas chegou até o táxi que o aguardava no pátio.

— Desculpe-me, pessoal. Amanhã marcamos uma coletiva, se houver interesse; hoje não tenho como respondê-las.

— Doutor, já sabem o motivo do suicídio?

— O jovem réu tem algo a ver com o fatídico incidente?

— Ele será solto sob custódia? O que tem a declarar, doutor?

— Amanhã... Amanhã terei as respostas!

Renata estava lá do alto imaginando: "É... Eis aí seu minuto da fama, doutor, aproveite!" Quando se ouviu um barulho de porta batendo, um som oco, abafado e fantasmagórico ecoou pelo ambiente vazio, como se ouve em filmes de suspense cujo cenário é um solar abandonado. Chegou a sentir um arrepio, que lhe correu por toda a espinha dorsal; correu até a porta que dava para o corredor principal, entreabriu-a levemente e pôde ver claramente o promotor se afastando, visivelmente abatido, cabisbaixo. Ele deixou o prédio pela porta dos fundos, talvez para não ser importunado, não disse para onde iria ou se voltaria, se ficaria ausente pelo resto do dia. Foi embora sem dar satisfações.

A assistente sentou-se sem pressa, forçou de leve a coluna contra o encosto da cadeira, elevou seus braços por sobre a cabeça, num gesto de alongamento daquele que se faz antes de iniciar um exercício físico, como se naquele momento fosse ela praticar algum esporte por longo tempo. Espreguiçou-se comprimindo os joelhos, esfregou os olhos com suavidade e começou a folhear o grosso e cansativo processo, analisando os autos, que perfaziam mais de mil páginas de um processo carregado de termos jurídicos, normas, leis e artigos que contavam a trama de uma tragédia urbana, acompanhada de fotos, laudos médicos, informações científicas e exames periciais, tudo que pesava de forma contundente e comprometia com fortes evidências aquele menino de olhar meigo e aparência de presumida carência afetiva. No entanto, ao virar uma página do meio, surgiu um envelope branco com uma fita vermelha enfeitando as bordas. Em seu conteúdo, alguns disquetes de computador, todos traçados por fora com números e códigos poucos esclarecedores a olho nu. "Bem, isto aqui vou olhar mais tarde", e colocou o envelope em sua gaveta, trancando-a em seguida.

Antes de deixar o prédio do fórum, repassou folha por folha daquele complicado processo-crime que supostamente Alexandre cometera de forma fria e calculada, em 26 de fevereiro daquele ano de 1998, como explicitava o inquérito policial, tendo anexado as fotos da jovem e bela negra completamente mutilada após ser estuprada e atirada pela janela do prédio, depois estatelada nua na calçada, exibindo todas as suas intimidades diaceradas de forma grotesca e chocante.

O laudo pericial informava que a jovem, de 18 anos, trazia evidentes marcas de agressão e que fora estuprada antes de vir a falecer, e que teve uma overdose de cocaína; também, que o assassino se encontrava em pleno estado de semicoma por ingestão de drogas.

"O estranho disso tudo é que, apesar do estupro, não foi detectada a presença de sêmen, nem na vagina nem no ânus, ou, se houve sexo oral, é evidente que poderia ter usado camisinha, mas... Se tinha intenções de matar e se tivessem se drogado, por que se prevenirem?"

Balançou a cabeça negativamente, pensando consigo mesma.

"Um jovem tão bonito, com esmerada educação, vindo de uma família rica, que certamente não necessitava de recursos externos; a mãe, uma socialite, uma dama reconhecida como "paulista de quatrocentos anos"; o pai, um empresário do ramo financeiro, bem-sucedido, além de exercer o cargo de deputado federal... O que o levou a cometer tais atos? A chegar ao ponto de assassinar uma garota negra, uma pobre menina!? Quantos sonhos não foram ceifados em tão pouco tempo de vida? Acho que só mesmo fazendo uso de drogas o indivíduo pode chegar a cometer esses atos extremos.

Mas até aí 'tudo bem'. E qual seria a ligação com o juiz, que se mostrou visivelmente perturbado em presença do rapaz. E com o promotor, quando entrou a mãe do réu? Tudo ficou embaralhado dentro de sua caixa craniana, quase sofreu um desmaio. Isso é tudo muito estranho, por que será que contrataram um advogado negro inexperiente, um advogado completamente desconhecido, quando aqui em São Paulo há alguns dos maiorais do país? E, pelo visto, dinheiro não seria o problema! É... existe algo de estranho por trás disso tudo. Qual será o mistério?"

II

Renata encaixou a chave na fechadura da porta do pequeno apartamento no bairro do Brooklin, torceu o trinco e empurrou a porta da sala. À medida que entrava, foi arremessando os sapatos para os cantos do cômodo. Atirou a pasta executiva sobre um sofá pequeno e deixou cair-se pesadamente sobre o grande sofá, acomodando seu corpo da forma mais confortável possível. Naquele instante só pensava em descansar, esquecer os percalços do dia, relaxar um pouco e começar as tarefas de casa que lhe cabiam. Sentiu um leve tremor de susto ao ouvir a companheira de moradia, Heloísa, que já saiu do quarto dizendo...

— Oh, amiga! A senhorita chega se esparramando, atirando tudo pelos cantos, roupas pelo chão... Não acha que já é hora de aprender a se comportar como uma doutora?

— Oi, Heloísa. Estou tão cansada, com tantos grilos na cabeça, tive um dia tão conturbado que nem me lembrava mais do que sou. Mas, antes de vir dando uma de mãezona, conte-me: como foi lá no jornal, conseguiu o emprego?

— Que nada, amiga, ainda não, continuo como freelancer, só na base dos biscates. Cheguei à conclusão de que vou precisar de uma história convincente, uma boa história para poder sensibilizar aquelas feras e mostrar minha competência. E você... como foi de julgamento?

— Não houve julgamento.

— Não...? Por quê?

— Coisas muito estranhas aconteceram naquele tribunal hoje, bastante estranhas mesmo... Você precisava estar lá; se eu contar, simplesmente ninguém vai acreditar.

— Bem que eu queria ter estado lá, mas tinha pela frente aquela maldita entrevista com o diretor do jornal, que acabou não dando em nada. Mas me conte, pelo amor de Deus: o que houve de tão extraordinário?

— Sente, que a coisa vai longe... O tal de Alexander, o réu, não passa de um menino, uma criatura linda, de olhos verdes serenos tão meigos que tive vontade de pegá-lo no colo e protegê-lo. A família é multimilionária, dessas que moram no Morumbi, tradicionais "quatrocentões" da sociedade paulista. Pelo que pude entender ao ler o processo e antes de conhecer a história toda, o garoto passava-se por garoto de programa... Só não entendo por que...! Morava sozinho em um apartamento na Vila Mariana. Em fevereiro, encheram-se de drogas, e ele acabou matando a namorada. O processo é superconfuso, o laudo mostra que a garota morreu de overdose após ter sido espancada e estuprada, em seguida atirada pela janela do quarto do apartamento, porém não é esse o caso que me causa estranheza, o que me intriga é que não foram encontrados resíduos de sêmen, e o fato culminante da tragédia é que, além de o promotor quase desmaiar após um enorme descontrole emocional ao ver a mãe do réu entrando na sala do tribunal, houve um trágico desfecho: o juiz, quando cruzou seu olhar com o do garoto, teve um distúrbio emocional tão violento que correu para seu gabinete, trancou-se sozinho e, num ato extremo, suicidou-se com um tiro no peito.

— Que história, hein...!? Complicada! Acho que está aí a história de que preciso; além de muito interessante, vai me valer o emprego, quiçá até um prêmio de jornalismo. Preciso muito investigar isso de perto. Será que existe um jeito de me mostrar esse processo?

— Agora não tenho como tirá-lo do fórum, devolvi-o para a mesa do promotor, mas... o advogado pode, e esta é outra coisa que me deixou intrigada! Não que eu tenha algo contra ou seja preconceituosa, mas a família do réu entregou a causa na mão de um advogado negro, aparentemente pobre, desconhecido e inexperiente... Pelo menos foi a primeira vez que me deparei com ele no Tribunal do Júri. Há um porém: esse advogado é extremamente agradável e muito bonito.

— Qual o nome desse advogado?

— Dr. Geraldo Alves de Brito.

— Você tem o endereço dele?

— Está mesmo interessada?

— Muito! Meu instinto de jornalista está sentindo cheiro de sujeira grossa nessa trama toda. Essas tragédias sociais, principalmente na alta sociedade paulistana, costumam render bons frutos jornalísticos, todo mundo adora a desgraça alheia, principalmente nos meios grã-finos.

— Aqui está o cartão do advogado.

— É um endereço importante! Fica nas imediações da Avenida Paulista, então não deve ser tão "pé de chinelo" assim.

— É! Sem dúvidas... Não reparei nisso antes.

— Vou ligar já para ele e marcar uma entrevista. Posso usar seu nome, amiga?

— Claro! Mas acredito que a esta hora não irá encontrá-lo. Diga-me uma coisa: por que se interessou tanto pelo caso? É tão comum isso tudo hoje em dia...

— Intuição...

— Intuição...?

— É! Preciso de uma grande história, e essa se desenha como uma excelente.

— Perguntei da intuição porque foi a mesma coisa que respondi ao advogado hoje no tribunal. Fui falar com ele, conseguir algumas informações, e ele me perguntou o porquê.

— Um momento, amiga. Atenderam o telefone.

— Quem, por favor?

— Dr. Geraldo...? Desculpe-me o avançado da hora e o incômodo. Meu nome é Heloísa, sou companheira de apartamento da Dr.ª Renata. Estou tentando ser repórter e, para tanto, precisarei de sua ajuda. Gostaria de conversar com o senhor.

— A assistente do promotor!?

— Sim, essa mesma.

— Ah, claro, a Dr.ª Renata! Não vejo como poderei ajudá-la, posso tentar, mas combinei com os repórteres que cobrem o fórum uma coletiva amanhã.

— Que ótimo, doutor, mas queria uma conversa exclusiva a sós. Será que poderíamos?

— Sobre o que pretende falar?

— Do caso do julgamento frustrado de hoje, o que não aconteceu.

— A Dr.ª Renata também me pareceu muito curiosa, até ansiosa ou desconfiada, hoje pela manhã, com fortes sentimentos de intuição feminina. Será influência dela?

— Seria...! Ou melhor, foi.

— Tudo bem, vou conferir minha agenda e verei qual o melhor momento para conversarmos. Ligue-me amanhã, pode ser?

— Claro, até amanhã.

III

Dr.ª Renata, já nas primeiras horas do dia, entrou direto na sala da promotoria, sem bater nem se fazer anunciar. Ainda era cedo para que o promotor já tivesse chegado, mas enganou-se. Deparou-se com o Dr. Helder desesperado à procura de alguma coisa qualquer, abria as gavetas, remexia os papéis, erguia livros e envelopes, balançava a agenda, folheava os processos... Notava-se claramente a sua preocupação de encontrar o objeto de seu desejo, num frenesi de ansiedades que o deixava perplexo, já chegando às bordas de uma crise de nervos. Rogava pragas e emitia urros abafados, falava palavrões ininteligíveis. Quando se deu conta da presença da assistente, serenou um pouco a fisionomia.

— Doutora, não viu aqui sobre minha mesa um envelope com tarjas vermelhas contendo alguns disquetes de computador?

De imediato surgiu a suas lembranças o envelope que estava entre as folhas do processo e que jogara na gaveta para posteriormente verificar do que se tratava. Precisava pensar rápido em uma resposta e conseguir mais um prazo para manter aquele envelope sob sua posse. Alguma coisa muito importante deveria conter naqueles disquetes, e ela teria de copiá-los a qualquer custo.

— Não me recordo de tê-lo visto, doutor. Será que não o levou para casa e o deixou lá? Quer que eu ligue para sua residência e pergunte a sua empregada? Pedirei a ela que procure por lá para o senhor.

— É possível, devo ter levado os disquetes para casa, mas não precisa ligar. Eu mesmo vou até lá buscá-los. Preciso mesmo ir até em casa.

Saiu com tanta pressa que nem sequer se deu ao trabalho de arrumar a bagunça que promovera, deixando tudo em completo desleixo.

"Hum! Que bicho mordeu esse homem? Alguma treta grossa há gravada naqueles disquetes. Vou aproveitar para copiá-los e em seguida devolvo os originais", pensou a assistente.

Passada quase uma hora, tocou o telefone na casa do Dr. Helder.

— Quem é...? Fale! — respondeu rispidamente.

— É a Renata, doutor. Encontrei, entre o processo do caso que seria julgado ontem, um envelope com as características que o senhor mencionou hoje mais cedo.

— Deixe-o sobre minha mesa. Onde encontrou isso? Se bem me lembro, revirei tudo por aí.

— O processo em questão estava ainda dentro do carrinho que o auxiliar do cartório distribuidor usa para transportar processos e documentos — mentiu a garota. — Talvez devido a pressa e ansiedade passou por ele despercebido e não o notou. Está sobre sua mesa.

— É, pode ser... Estou indo. Obrigado, doutora.

Colocou o fone no gancho, que imediatamente tornou a chamar.

— Oi, amiga! Marquei com o Dr. Geraldo às 5 da tarde. Vai poder me acompanhar?

— Certamente, mas o enterro do juiz deverá ser dentro de uma hora. Não quer ir? Poderá ser útil... Passa por aqui ou a encontro lá?

— Passo aí em 15 minutos.

No velório do juiz, apenas algumas pessoas conversavam do lado de fora da sala. O corpo do outrora vaidoso e prepotente magistrado era levado a féretro. Pela quantidade de pessoas ali presentes, podia-se imaginar o grau de popularidade. Claramente, não fizera grandes amizades no curso de sua existência terrena; era possível contar nos dedos o número de presentes, a maioria funcionários do fórum. Um ou outro companheiro de toga ou promotor, nenhum advogado, e, à medida que o tempo passava, iam se afastando um após outro, ficando sentadas ao lado do caixão somente duas velhas senhoras, uma provavelmente a mãe. Apesar das marcas do tempo, do semblante abatido e do olhar cansado, notava-se que fora uma mulher muito bonita nos tempos de juventude, trazia os cabelos bem pintados em um tom acaju escuro e devia contar 75 a 80 anos, mas mantinha-se altiva. Ao seu lado, também sentada, uma senhora com talvez a mesma idade, pouco menos; só se podia notar a idade avançada pelos cabelos grisalhos, que pareciam algodão recém-colhido, brancos como a neve; não fosse por isso, ficaria muito mais difícil definir sua idade, pois não tinha uma ruga sequer; aquela pele negra lisa... nem marcas de expressão lhe sulcavam a face. Devia estar ali prestando solidariedade, ou talvez fossem conhecidas de longa data.

Renata firmou os olhos naquele rosto meigo, pleno de bondade, e pensou consigo: "Esse semblante me parece conhecido... de onde será? Creio que foi no tribunal. Sim... Ela estava lá sentada na última fila".

Foi quando teve a atenção desviada pelo funcionário do Cemitério da Consolação. Aproximou-se conciso da desconsolada mãe, sussurrou a seu ouvido...

— Senhora... Em 10 ou 20 minutos, fecharemos o caixão. Deseja mais tempo? Ou podemos ser-lhe úteis em algo mais?

Ela acenou negativamente balançando a cabeça, levou o lenço de tecido delicado até os olhos, interrompeu as últimas lágrimas que teimavam em descer pelo rosto abatido. Mais uma vez, debruçou-se sobre o caixão, prostrando-se mais perto do corpo do filho, exposto ali pela última vez, envolto entre pétalas e flores com aromas diversos, que mascaravam o forte odor da morte. Partira de forma cruel, deixando a ela como herança um sofrimento profundo; e, como uma última sentença por seus pecados, terminar seus dias na mais cruel solidão. Seu crime maior foi unir-se ao homem errado, amar quem não deveria e querer transferir para seu filho os sonhos que não pôde realizar. Sofrera tanto, aguentara calada e valentemente tanto martírio para terminar só e abandonada. Quão cruel lhe fora o destino... O filho acompanhou o pai no fatídico ato da suprema covardia, os dois suicidaram-se por não terem forças de enfrentar a realidade. Só ela ficou. Levou a mão sobre aquele rosto frio inerte, acariciou a face de seu único filho, aquele que foi sua maior esperança, soluçou profundamente, enquanto a negra amiga, num ato de extrema beatitude, pousou seu braço em torno dos ombros da pobre mãe. Puxou-a com suavidade para perto de si, recostou-lhe a cabeça em seus seios acolhedores, buscando protegê-la, acariciou seus cabelos num afago de consolo, entendendo toda amargura e todo sofrimento daquela mulher desconsolada.

Helena abaixou as pálpebras cansadas sobre os olhos castanhos combalidos, e lembrou-se do dia em que desembarcou em São Paulo, com seu filho sendo levado pelas suas mãos, desceram as escadas do avião já trazendo dentro de si o firme propósito de nunca mais voltar para o Norte, lutaria com todas as suas forças, morreria, se preciso fosse, mas não deixaria mais São Paulo. Com o que recebera do espólio da família, mais a pensão a que tinha direito de parte do marido, seu filho estudaria nas melhores escolas, e, vivendo num grande centro, poderia se transformar no artista que ela sonhava que ele pudesse vir a ser. Só não contava com a falta de talento do jovem para as artes...

Soluçou baixinho ao lembrar-se do sofrimento imposto pelo déspota do marido. Durante longos anos, sentiu-se prisioneira, vivendo um holocausto, naquela unidade militar nos confins do Brasil. Seus pensamentos naquele momento a transportaram para tempos passados, descortinou-se como em um palco a lembrança viva do dia em que o marido chegou a casa, já altas horas da noite, e, num flagrante delito amoroso, deparou-se com ela e o jovem amante cometendo um explícito adultério. Tudo aconteceu tão de repente, ela se sentia tão carente, debilitada... e surgiu aquele homem carinhoso, que lhe transmitia tanta segurança, seduziu-a de forma tão completa que não conseguia mais raciocinar, tinha seus pensamentos voltados unicamente para aquele amor traiçoeiro, mas que a cobria de felicidades e lhe trouxe um novo alento e vontade de viver. Só pensava em se entregar àquela paixão avassaladora.

Tudo teve início quando o jovem, por ordenança de seu marido, teve a incumbência de levá-la e a seu filho até Belém. O filho estava ardendo em febre, e aquele soldado tão prestimoso correu em seu socorro do jeito que estava, apanhou o Jeep do comando e levou-os para a cidade. Ele a olhava a todo momento com um olhar diferente, tão profundo que a fazia estremecer, era como uma serpente que procura imobilizar sua presa para logo a seguir dar o bote fatal. Helena pela primeira vez, depois de tantos anos, sentia aquela sensação de estar envolvida sentimental e sensualmente por um homem.

Gilson era bem mais jovem que ela, quase um menino, devia ter saído da adolescência havia pouco tempo, mas mostrava-se tão gentil e cavalheiro que a desconcertava, fazendo-a recender numa mágica sedução. Seu corpo bem definido em sua anatomia e aquela malha verde pregada ao corpo chamavam ainda mais atenção de Helena. Chegou a esquecer o filho febril em seu colo por momentos, e ficou sentindo os fluidos que emanavam daquele corpo moreno, levemente perfumado. Teve de se conter para não enlaçar aquele corpo numa volúpia incandescente. Inconscientemente, permitiu que ele encostasse seu braço no seu e o roçasse de leve, dando início a um jogo perigoso. Com o balanço do veículo, que seguia rápido pela estrada malconservada, a atração era mútua e inevitável, uma força desconhecida aproximava aquelas duas almas solitárias.

Chegando à cidade, dirigiram-se ao hospital, onde o médico, após detalhado exame, aconselhou que se deixasse a criança internada para melhor observação e um diagnóstico mais preciso. Helena retornou ao pátio onde estava o jovem soldado, que aguardava seu retorno ou notícias. Disse a ele que teria de ficar com o filho, estando ele, portanto, dispensado para retornar a sua base. Assim que obtivesse alta, comunicaria o soldado.

— Não, senhora... Vou ficar esperando — respondeu ele, taxativo.

Helena, de pronto, não teve argumentos. Retornou ao balcão de internações, preencheu as documentações de praxe, entregando o menino aos cuidados dos médicos, porém preocupada com o jovem soldado. Mais uma vez, voltou a ele. Quando se aproximava com o firme propósito de mandá-lo de volta, ficou olhando por alguns segundos, completamente extasiada, toda aquela juventude recostada no banco do veículo, provocadoramente bela. As pernas esticadas, os braços cruzados sobre o peito e olhos semicerrados, o chapéu de campanha levemente puxado por sobre a testa... Helena timidamente se acercou do soldado, pousou suas mãos sobre seu braço, que, ao sentir aquele contato macio como uma pétala aveludada, arrepiou-se todo. Ele empurrou o chapéu para trás com o nó dos dedos e, de maneira imprudente, cobriu-lhe a mão delicada com sua mão enorme poderosa, que no momento pareceu crescer ainda mais, o que a fez estremecer por todo o corpo. Com voz trêmula, quase sussurrando, disse-lhe, olhando nos olhos:

— Dona Helena, queria que soubesse... se não lhe disser agora, vou enlouquecer. Eu a amo profundamente.

Helena ficou estática, apalermada, sem saber o que responder, sem nenhuma ação. Seu coração acelerou-se incontrolavelmente, quando ele envolveu as duas mãos nos cabelos de Helena; alisando-os, desceu com uma das mãos até a sua cintura, trazendo-a para perto do seu peito. Num movimento inesperado, beijou-a nos lábios sem esperar nenhuma resposta. Helena, ainda aturdida, tentou livrar-se num lânguido esforço, mas como ansiava por aquilo! Quantas vezes já se imaginara sendo possuída por aquele jovem soldado sedutor e atrevido que impunemente a deixava repleta de desejos e fazia com que ainda se sentisse viva!

Como não tinha forças para resistir, soltou-se receptiva, entreabriu os lábios e permitiu que aquela língua úmida e morna invadisse sua boca, envolvendo-a com mais desejos e sedução. Permanecia naquele longo beijo de pé ao lado de fora do Jeep. Ao ser puxada, desequilibrou-se, apoiando as mãos sobre as coxas do jovem soldado, e pôde sentir aquele membro vigoroso se enrijecendo por baixo do tecido da farda, chegando a erguer sua delicada mão, num esforço sobre-humano... Como que despertando de um pesadelo, empurrou-o com toda a força que conseguiu juntar...

— Não! Não é certo...

— O que é certo, Helena? Ficar sofrendo calada ao lado do homem que a subjuga, maltrata, um homem desprovido de qualquer sentimento, que só faz humilhá-la? Quantas noites rondo sua casa e quantas vezes não tive vontade de invadi-la e interferir nos momentos em que ele a levava ao sofrimento... Quantas vezes tive de conter meu desejo de arrancá-la de perto daquele animal ensandecido e levá-la comigo para longe... — As lágrimas banharam seu rosto, porém eram lágrimas de felicidade.

Ali estava alguém que a amava.

Deixaram o Jeep estacionado no local e foram em um táxi até um motel. Não foi tão difícil convencê-la, os dois estavam entorpecidos pelo desejo. Helena quase desfaleceu quando ele abriu suavemente suas pernas lisas e macias, beijou suas partes mais íntimas, acariciou seus seios ainda firmes, com dois botões róseos entumecidos agitados, como que buscando seus lábios, numa explosão surda de um amor furtivo, e foi a penetrando bem devagar, de maneira sutil e eficaz, fazendo-a sentir deslizar para dentro de si aquele objeto de desejo, envolvendo-a de amor enquanto a beijava com frenesi. Levou as duas mãos por baixo do seu corpo, cruzou seus dedos por baixo das suas nádegas firmes, enquanto ela ergueu os joelhos para facilitar a penetração bem profunda, favorecendo os movimentos contínuos e acelerados. Ergueu seu corpo, e com estocadas fortes propiciou-lhe orgasmos múltiplos, levando-a ao delírio. Por pouco não perdeu os sentidos. Há muitos anos não se sentia tão envolvida e tão feliz, completamente realizada. Daí para frente, todas as oportunidades que surgiam eram bem aproveitadas.

Mas, voltando àquela fatídica noite, foram pegos desprevenidos pelo marido, que não se sabe por qual motivo, retornou antes do previsto.

Ernesto, em tantas ocasiões, pôde presenciar às escondidas sua mãe e o amante em pleno ato de cumplicidade, que, para ele, nada mais era do que uma vingança pessoal que aquele jovem soldado exercia em nome dele. Odiava o pai do fundo da alma, aprendera com a mãe e pelos próprios maus-tratos do ser inconstante e ausente. Amava sua mãe com loucura, tinha ciúme doentio daquele homem que a fazia vibrar de gozo e paixão, mas sempre que podia estava à espreita para ouvir ou até ousava assistir àqueles encontros furtivos de profundo êxtase. Excitava-se ao sentir o cheiro ardente do sexo jorrando e sua mãe gemendo, e implorando mais e mais, sem conseguir conter-se até o gozo final. Aquele aroma ácido de sexo fresco o deixava aparvalhado. Quando o amante de sua mãe não a estava assediando, Ernesto passava horas admirando-o. Era um menino solitário, angustiado; só tinha a mãe como companhia, que o tratava como uma peça delicada que poderia quebrar-se na menor desatenção. Mas agora já não lhe dava tanta atenção...

Sentia-se cada dia mais rejeitado em função de um amor que surgiu de repente, incontrolável, e que o arrebatou do seio de sua mãe querida. Estava sempre à espreita, procurando ouvir os sussurros, o estalar de beijos, as frases ininteligíveis titubeantes. Quantas vezes bisbilhotava, pelo vão da porta ou pelo buraco da fechadura, atos lascivos, invadindo a intimidade dos dois amantes, até vê-los extasiados tombarem um ao lado do outro, plenos de gozo e prazer. Sua mãe não dava ao amante a oportunidade de refazer-se... sem o menor pudor, como querendo recuperar todos os anos de carência afetiva, buscava, sôfrega e voraz, os lábios, o vigor e a vontade daquele homem ardente, permitindo que ele a penetrasse violentamente. Às vezes sua expressão era de dor e sofrimento, mas logo o arrebatava com ansiedade, implorando o gozo, tombava lânguida como uma criança, afagava tenuamente o corpo cansado do parceiro extenuado.

Por estar sempre presente, viu seu pai aproximar-se transtornado, urrando como uma animal selvagem. Arrombou violentamente a porta do quarto, levou a mão ao coldre em busca de sua arma... Abateria os dois sem piedade.

— Malditos! Traidores! Vai morrer, sua puta vagabunda!

O soldado levantou-se e, de um salto, colocou-se em frente a Helena com os braços abertos, num último esforço para protegê-la. Ouviu-se um baque surdo, o revólver soltou-se da mão, o coronel caiu pesadamente com o alto da cabeça sangrando abundantemente.

Como duas estátuas de granito estáticas, imóveis como duas presas acuadas, ficaram sem ação, numa palidez doentia, os dois corpos nus. Helena encostou-se nos ombros do soldado amante por trás, suas pernas bambearam, firmou-se para não cair desmaiada. O pequeno Ernesto segurava firmemente uma imagem de São Bom Jesus dos Navegantes esculpida em madeira maciça, que lhe serviu de arma para deitar ao solo e evitar um crime iminente, e protegeu sua mãe da morte infame. Permanecia mudo com o corpo tombado entre suas pernas hesitantes, ainda sem compreender o ato que acabara de cometer. Não sentiu remorso, não chorou. Estava em choque. Com o olhar perdido, distante, sua mãe cobriu-se com um lençol branco de tecido fino transparente, que não conseguia esconder seu corpo: diante da luz, expunha seus contornos leves e sensuais.

Procurou socorrer o marido. Não seria difícil fazer com que os militares comandantes e o próprio capitão médico do batalhão acreditassem que aquele homem necessitava de internação imediata em um manicômio. Porém, antes dessas providências, parou para pensar sobre como procederia, enquanto o amante, ainda sem roupa, tirou a imagem do santo que serviu de arma das mãos do menino, pousou-a sobre o local de origem, pegou o menino no colo e ergueu-o até junto do peito suado, ainda trêmulo de susto.

Ernesto sentiu-se protegido, encolheu-se abraçando aquele pescoço que exalava um forte aroma de macho satisfeito. Isso fez com que se lembrasse do dia em que Bruno, um menino mais velho, mais experiente, corpo de atleta, praticante de natação, bem definido, forte, viera passar alguns dias com o pai, que era sargento e estava sob o comando do seu, naquela vila militar onde morava. Chegou cativando a todos com seus gestos educados, seu sorriso amplo e fácil, mostrando a todo instante aqueles dentes alvos bem cuidados. Naquele dia mesmo, à tarde, o sol ainda se fazia a pino. Como não havia treinamento dos soldados da base, o jovem visitante não se fez de rogado. Metido dentro de uma minúscula sunga, imediatamente se atirou nas águas mornas da piscina, indo e vindo em vigorosas braçadas. Quando se deu conta da presença de Ernesto, gritou-lhe sorrindo:

— Venha! Vamos, pule na água, está uma delícia!

Colocou as duas mãos nas bordas da piscina, ergueu-se num salto, balançou o corpo moreno queimado de sol, quase dourado. Ernesto sorriu tímido, sentiu um calor estranho invadir-lhe o rosto, percebeu que estava todo ruborizado. Quando o jovem nadador flagrou-o olhando fixamente aquele volume denso que o atraia de forma despudorada, que parecia suplicar para estourar para fora da lycra aderente, ainda desconcertado, respondeu:

— Não sei nadar...

— Não se preocupe, venha! Eu ensino você. — Aproximou-se, elevou seu braço poderoso sobre os ombros do novo amigo. — Sou nadador, já ganhei inúmeras medalhas, participo de competições. Venha! — E, em tom de brincadeira, enlaçou-o por trás, erguendo-o alguns centímetros do solo na beira da piscina, com o intuito de atirá-lo nas águas.

Ernesto pôde sentir aquele volume que se escondia por baixo do tecido. No início isso o incomodou, esboçando uma reação de defesa. Com estes movimentos, aquele órgão intruso se tornou de repente agradável... Suspirou por dentro, querendo que aquele curto espaço durasse uma eternidade, mas voltou à realidade ao cair na água e lutar para não afundar.

Pela primeira vez em toda sua existência, conversava tanto com alguém estranho, perguntava várias coisas, queria saber sobre as cidades, o que fazia o visitante para se divertir, enfim... Queria estar a todo instante ao lado do novo amigo, e ficou muito feliz quando foi chamado para acampar.

— Tenho receio de que minha mãe não me permita embrenhar-me na mata. Dizem que os comunistas estão por toda parte juntando os camponeses para lutar contra o governo. São gente perigosa.

— Que nada...! Isso é folclore. Desde que mataram o Lamarca, acabou-se a guerrilha. E acamparemos na praia... Eu trouxe barraca e toda aparelhagem de camping.

Não foi necessário insistir. Sua mãe vislumbrou aí uma ótima oportunidade de ficar a sós com o amante, visto que seu pai estava sempre fora durante dias, às vezes semanas, em campanha contra a guerrilha. Aqueles anos, desde 1964, vinham sendo conturbados politicamente. Quando os militares tomaram o poder e impuseram a ditadura, as comunas organizaram-se nas cidades e nos campos e lutavam pela liberdade e para impor sua ideologia.

Montaram a barraca no sopé da montanha, onde um córrego de águas límpidas e cristalinas descia por entre as folhagens até o mar, cortando as areias brancas na praia mansa e acolhedora. O local era ideal para acampar, pouco explorado, tranquilo, e recebia exuberantes raios do Sol inclemente, mesmo já sendo fim de tarde.

— Trouxe protetor solar, Ernesto? Sua pele é bastante clara e sensível... Tem de cuidar.

Ernesto levou a mão para dentro da mochila, arrancou um tubo de creme e mostrou-o ao companheiro.

— Dê para mim! Vou passar nas suas costas.

O amigo encheu as mãos do creme perfumado, esparramou-o ombros e costas abaixo, e deu início a uma massagem suave. Suas mãos deslizavam sobre a pele de Ernesto como que numa carícia irresistível. Ernesto não hesitou, fingiu desequilibrar-se. Em um passo atrás, encostou seu corpo junto ao do companheiro, e novamente bateu com suas nádegas sobre o membro volumoso que moldava parte da coxa esquerda do amigo. Segurou com as mãos para trás na cintura do jovem atleta, como querendo se reequilibrar. Esfregou-se, sentindo um enorme prazer. Bruno segurou-o pela cintura, firmando-o para não cair. Num movimento atrevido, Ernesto escorregou sua mão sobre aquela peça tão desejada, engoliu seco a saliva, que não brotou, esperando uma reação contraditória, agressiva, de repúdio pelo ato impensado.

Mas qual não foi sua surpresa: Bruno abaixou de forma comedida sua pequena sunga até o meio das coxas, trouxe as mãos de Ernesto até seu órgão sexual, já bem enrijecido, carregado de tesão. Os hormônios transbordavam daquele corpo saudável, e, sem pedir licença, Bruno fez escorregar para baixo o calção de banho de Ernesto, expondo suas nádegas brancas macias. Começou acariciando-a e foi subindo pela cintura até a altura do peito liso, completamente arrepiado. Acomodou seu pênis enorme entre as pernas do receptivo companheiro, que as entreabriu para melhor sentir aquele instrumento viril mais próximo de seu ânus. Teve uma espécie de espasmo quando aquele mastro duro o tocou imprudente... No momento em que Bruno abriu suas nádegas, aproximou sua boca perto de seu ouvido e seu hálito quente acariciou sua pele, Ernesto quase desfalece. Esboçou algumas palavras gaguejando ao ser questionado pelo amigo:

— Você gosta disso, Ernesto?

— N... nunca fiz isso antes. Não me machuque, Bruno.

Sem dar atenção às suas súplicas, Bruno forçou seu tórax para a frente, para facilitar a penetração. Grosseiramente, lubrificou com saliva a glande de seu sexo rígido, e invadiu-lhe o ânus com força, rompendo a barreira de sua inocência. Aquela peça entrou dilacerando suas entranhas, sentia dores horríveis, mas suportou aquele sofrimento que lhe era imposto com estranho prazer. Algumas lágrimas lhe correram pelo rosto, quando em movimentos compassados Bruno enfiava e tirava, dando estocadas violentas, impondo-lhe grande humilhação, ferindo-o física e moralmente. Ernesto, porém, resistiu bravamente até o momento que se sentiu inundado pelo líquido quente e pegajoso que lhe descia pelas pernas.

Correu até o rio para lavar-se. Envergonhado, não tinha coragem de olhar o rosto do companheiro, que também se lavou em silêncio, entendendo o conflito por que passava o amigo. Deixou que Ernesto permanecesse por algum tempo isolado, até o anoitecer. Quando Ernesto ergueu a porta da barraca, Bruno, deitado sobre o colchonete, completamente nu, à luz do lampião e de um raio da Lua, num conluio, pareceu jogar toda sua luminosidade sobre aquele instrumento do pecado, que continuava exercendo uma atração irresistível sobre Ernesto, mesmo este sabendo que o faria sentir dor e humilhação. Bruno bateu de leve com a mão no chão ao lado.

— Venha deitar-se aqui, venha!

Ernesto deitou-se sem dizer uma palavra, virou-se de costas, envergonhado, mas sentiu-se protegido e feliz quando Bruno o puxou para perto de si e o abraçou forte, quando o beijou no pescoço com carinho e sussurrou algumas palavras a seu ouvido. Fez-lhe sentar-se à sua frente, ficou em pé na barraca; com seu sexo apontado para o rosto de Ernesto, colocou a duas mãos sobre sua cabeça, acariciou seus cabelos, e, sem encontrar reação, forçou um pouco para baixo...

— Vou ensiná-lo uma coisa gostosa. Não vai doer.

Com volúpia e sem resposta, Ernesto engoliu, lambeu... Sentia aquilo latejar dentro de sua boca. Não resistiu a mais um apelo, virou-se de bruços e recebeu novamente aquele membro duro, mas agora sem tanta dor. Com poucas mas velozes estocadas, Bruno encheu-lhe de sêmen fresco, permanecendo ainda com seu sexo duro dentro do ânus já bem mais moldado ao tamanho e maciez do macho, agora sem culpas ou pecados.

Helena voltou à realidade quando o coveiro tocou de leve seus ombros.

— Dona? Quer que abra o caixão mais uma vez, antes de baixá-lo à sepultura?

Helena olhou-o com o olhar vago, distante, voltou-se devagar ao rosto suave e sereno da negra companheira. Balançou a cabeça negativamente, e o caixão foi sendo baixado cuidadosamente, pousando no fundo da cova fria, enquanto a certa distância as duas amigas Renata e Heloísa acompanhavam o melancólico fim.

Estas estranharam muito quando a senhora negra de olhar sereno destapou um frasco contendo um líquido de aroma adocicado, de ervas silvestres, que podia ser sentido a distância. Disse algumas palavras em uma língua desconhecida, dando mostras de um ritual carregado de magia. Ao terminar o estranho culto, afastaram-se silenciosas em direção à saída do cemitério.

IV

Às 5 horas da tarde, impreterivelmente, a porta do elevador do Edifício Novo Jardim abriu-se e as duas saíram apressadas em direção ao número 153 do 15º andar. Irromperam na antessala, um escritório realmente muito bem montado, com móveis antigos bem conservados — nada que pudesse relacionar-se com a primeira impressão causada por aquele advogado negro humilde que Renata conhecera no tribunal. Um quadro muito bem pintado com o rosto de um preto velho enfeitava a parede defronte à sala do Dr. Geraldo, bem acima de um vaso de flores frescas, que exalavam um perfume agradável por todo o ambiente. Renata estava admirando aquela ornamentação quando, em tom de brincadeira, o jovem advogado interpelou-as.

— Gostaram? Não faz parte da família diretamente, mas deve ter sido um ancestral... — Sorriu novamente, demonstrando muito bom-humor, e convidou-as a entrar.

— Por favor, não reparem o desalinho.

Quase ao mesmo tempo, entrou também um senhor simpático, sorridente, aparentando entre 65 a 75 anos. Os cabelos eram ralos na parte central da cabeça e um pouco mais abundantes nas melenas completamente grisalhas numa tonalidade cinza-claro. Apresentava um ar imponente, uma feição inteligente, olhos castanhos observadores, e fixou-se nas duas garotas por um momento. Sorriu. O Dr. Geraldo apressou-se em apresentá-lo.

— Dr. Benjamim, majoritário em nosso escritório, meu predecessor e mestre na faculdade de Direito. Se eu não fosse preto e ele branco e tão arrogante, eu o chamaria de pai.

Risos ecoaram por toda sala. Dr. Benjamim bateu-lhe as costas carinhosamente, e saiu dizendo:

— Vou providenciar um café para nós, enquanto conversam.

— Dr. Benjamim não teve filhos, e cuida de mim como se o fosse. Às vezes penso que até tem ciúmes das minhas amizades, pois, sempre que chega alguém para me visitar, ele arruma um jeito de entrar e ver de quem se trata. Já me acostumei... Mas a que devo a honra e a alegria da visita a este humilde advogado? Bem... Vamos então ao que interessa: você é a Heloísa, jornalista. Creia, não é nada semelhante ao que imaginei quando conversamos por telefone...

— Certamente achou que eu era uma mulher bonita...

— Não... Não imaginei que fosse *tão* bonita.

Realmente, Heloísa trazia um olhar meigo, cabelos curtos, mas muito volumosos, tão pretos que brilhavam, olhos castanhos escuros, rosto afilado, contornos bastante suaves, fisionomia de europeia... talvez uma mistura de espanhóis com brasileiros. A voz penetrante, de um tom acima, repercutia forte, alto, dava a impressão de que estava sempre fazendo um discurso ou falando entre barulhos. Sua altura não passava de 1,67 m, um corpo pequeno, porém harmonioso, todo proporcional.

— Bem... Não vieram até aqui pelos meus belos olhos. Certamente querem alguma coisa! Podem me dizer do que se trata?

— Primeiro gostaria de saber como se sente em relação ao júri — perguntou Renata, sorrindo.

— Pesar e frustração ao mesmo tempo — respondeu. Pesar pelo que aconteceu com o juiz, e frustração por não ter tido realizado o julgamento e não poder ter defendido o meu cliente como pretendia, podendo mostrar minhas habilidades e conhecimentos, e por não conseguir derrotar aquele promotor arrogante, prepotente, que costuma se gabar de nunca ter perdido uma causa sequer. Essa era, sem dúvida, a minha grande chance de aparecer definitivamente no mundo forense.

— A meu ver — continuou Renata —, não foi um dia totalmente perdido, de todo ruim, afinal você teve seu momento de fama. Na saída do fórum, vi bem quando foi assediado por um grande número de repórteres e sua foto está nas primeiras páginas dos jornais.

— Você viu, é? Fiquei todo embaraçado...

— O doutor não esteve no velório do juiz? — perguntou a assistente do promotor.

— Não o vimos por lá — interpelou Heloísa.

— Não fui; tinha urgência em preparar o habeas corpus, a liminar e dar entrada ainda hoje para ver se livro definitivamente meu cliente. Apesar do acordo que firmei com o promotor de liberá-lo, quero protocolizar o habeas corpus até amanhã, para que meu cliente possa responder em liberdade. Mas e vocês: foram ao velório? Havia muita gente?

— Fomos... Nunca imaginei que o juiz fosse tão impopular — disse Renata. — Muito pouca gente. Por fim, ficaram somente duas senhoras, uma devia ser a mãe do falecido; outra, uma amiga. Porém, doutor, acha que vai conseguir a liminar em favor do seu cliente? Onde ele está preso?

— Conto com a influência do Dr. Benjamim, que é muito querido no meio, e com o poder do pai do garoto, que é deputado federal. Eles poderão ajudar bastante; além de que, o réu não pretende fugir, é primário, tem bons antecedentes, residência fixa e é rico, fator preponderante. Espero já amanhã bem cedo estar à porta da delegacia onde está aguardando e libertá-lo.

Sem desviar os olhos da Dr.ª Renata, parecia estar hipnotizado, muito impressionado com sua beleza ou sentindo uma atração levemente desconcertante. Dr. Geraldo voltou às duas moças.

— Não acredito que queiram saber só isso. Alguma coisa mais importante as trouxe até mim, e já estou ficando tenso e ansioso... Podem me dizer, afinal?

Heloísa antecipou-se. Começou falando sobre seus propósitos de se firmar como repórter, de conseguir um emprego fixo; em um breve relato, contou como conheceu Renata. As duas eram do interior paulista: Renata, de Orlândia; e ela, de Santa Rita do Passa Quatro. Estudaram juntas em Ribeirão Preto; Renata fez faculdade de Direito; e ela, de Jornalismo. Moraram juntas em Ribeirão até que Renata passou em um concurso para assistente de promotoria na capital, e Heloísa começou como estagiária numa divisão de *O Estado de S. Paulo*. Por força do destino, continuaram morando juntas em um pequeno apartamento no Brooklin, quando Renata contou a ela os fatos ocorridos no Tribunal do Júri naquele dia, suas desconfianças e os fatos estranhos que se desenrolaram. E pensou que encontraria aí a sua grande oportunidade de conseguir uma boa história.

— E o que a fez imaginar que eu seria a chave do mistério?

— Bem, doutor, quando Renata relatou a história com riqueza de detalhes, com seus pressentimentos e desconfianças, eu acreditei que muita sujeira rolava por baixo dos tapetes dessa trama, e minha intuição levou-me a pensar que poderemos desvendar esse mistério e conseguir uma extraordinária matéria jornalística.

— Intuição feminina?

— É... por quê?

— Já ouvi isso ontem. — Olhou para a Dr.ª Renata, e riram. — Esse caso, pelo que me consta, será a alavanca que moverá muitos destinos, e também espero que seja a catapulta que me jogará para cima. Estou confiante e precisando vencer essa questão. Será um grande impulso para minha carreira. Mas esclareça-me melhor, Dr.ª Renata: o que a leva a pensar em uma conspiração ou uma trama diabólica tão excepcional, o que a leva a achar tudo tão estranho? Estou ficando curioso e apreensivo... Vocês devem saber mais que o mero processo judicial.

Renata respirou fundo, cruzou as mãos sobre as pernas, olhou para o teto como se buscasse nos fundos da memória todo o fato ocorrido dentro daquele tribunal e por onde deveria começar... Começou pela entrada estonteante da mãe do réu e pelo estado em que ficou o promotor ao vê-la descender a rampa do salão; relatou a feição patética do juiz ao defrontar-se com o jovem réu, o descontrole emocional do juiz, que culminou em suicídio; suas desconfianças em relação ao processo... Tudo leva a crer que exista muito mais que uma tragédia urbana na alta sociedade, devia haver realmente uma história suja e muito complicada envolvendo coisas graves...

— A história desse juiz e do promotor está encoberta por uma névoa negra tão obscura que merece ser investigada, e por trás dessa trama — pode crer, doutor — está o destino do seu cliente, e coisas que vão além da imaginação.

O advogado ficou por alguns instantes pensativo, coordenando as ideias.

— Como em 24 horas essas duas cabecinhas sonhadoras criaram tantas fantasias em torno de uma pessoa que se suicidou? Como podem viajar tão longe em seus pensamentos na busca da irrealidade?

Foi quando uma voz mais serena retrucou...

— Não estariam vocês assistindo a muitos filmes de romances policiais ou dramas do cotidiano? Qualquer um, em sã consciência, pode de uma hora para outra sofrer uma crise depressiva severa, pode ser acometido de um distúrbio emocional e cometer um ato impensado ou até um crime, mas isso não quer dizer que existe algo tão aterrador na vida do paciente... — interrompeu o Dr. Benjamim, como que querendo contemporizar.

— Não! Não foi só o fatídico suicídio. O promotor deu mostras evidentes de envolvimento, que alguma culpa pesa sobre sua cabeça, e conseguiu deixar-me muito impressionada, e com plena convicção de que os dois estão envolvidos no mesmo emaranhado de intriga. Quando pude, naquela tarde, estudar detalhadamente o processo, os laudos periciais, os exames do IML, verificando pormenorizadamente as fotos da vítima, pude perceber muito nitidamente que, se o jovem cometeu o crime, não o fez sozinho, e talvez não tenha nem sido ele que o cometeu. Por esse motivo estamos aqui, doutor. Heloísa queria começar seu trabalho investigando o processo, e agora só o senhor poderá ter acesso a ele. Eu já o devolvi.

— Quando o Dr. Benjamim me entregou esse caso, eu me coloquei a estudá-lo detalhadamente, e vieram aos meus pensamentos as mesmas dúvidas que assolaram a Dr.ª Renata. Principalmente quando cheguei a casa e disse a minha mãe "Hoje veio para minhas mãos o caso mais importante ocorrido nesta cidade nos últimos tempos". Contei a ela, sem detalhes, o fato ocorrido e o nome do réu, e quem estaria atuando na promotoria. A resposta foi, para mim, assustadora. Já não acreditava no que estava me acontecendo. Um caso tão extraordinário como aquele... e minha mãe disse que "isso já estava previsto", que era chegada a hora de enfrentar o demônio e toda sua falange do mal, o momento de descortinar o primeiro ato do meu destino, que esse caso selaria o meu futuro, apagaria as chamas do mal, e que eu conheceria a estrela que guiaria meus passos na estrada que acabava de se abrir. E foi taxativa em dizer-me que tudo sairia bem, os búzios sorriam para mim, bastaria, para tanto, me preparar o melhor que pudesse, e me esforçar muito.

— Sua mãe é vidente? Ela joga búzios? — perguntou Heloísa.

— Como você acha que eu me formei advogado? Com o salário de enfermeira!? Claro que não, minha mãe sempre jogou búzios, e foi assim que conseguia complementar o salário, manter-nos e pagar meus estudos.

— Gostaria muito de conhecê-la.

— Bem... Tenho a impressão de que já a conhecem, talvez não pessoalmente, mas de vista. Não viram uma senhora negra no cemitério?

— Não só a vi no cemitério como no fórum. Agora me lembro mais nitidamente.

— Vocês duas devem estar pensando "Como um negro pobre, humilde, ainda jovem e inexperiente, conseguiu uma causa tão importante e trabalha em um escritório desse porte", não é mesmo? Mas, antes de partirmos para o centro desse drama e nos envolvermos de forma obstinada, vou dizer a vocês... Quando menino, minha mãe colocou-me na escolinha de futebol da Portuguesa; o técnico na época exigia que todo garoto que participasse dos treinamentos frequentasse uma escola e estudasse bastante; éramos obrigados a levar o boletim para que ele o analisasse, e, se as notas não fossem boas e se o menino tivesse faltas injustificadas, ficaria de fora dos treinamentos. E todos lá queriam um dia ser jogador, participar do time titular, enfim, vencer no esporte.

— E por que não foi ser jogador? — perguntou Renata.

— Tinha mais habilidades com os livros, e o Dr. Benjamim era conselheiro no clube. Certo dia, aproximou-se de mim e falou-me que seu escritório estaria a minha disposição, se eu decidisse me tornar advogado. Chegando a casa, contei tudo à minha mãe, e ela me disse o seguinte: que este era o caminho que meus orixás haviam traçado para mim; da mesma forma, falou-me sobre este processo que vamos enfrentar, este julgamento que desarrolhará as portas do meu futuro, que a justiça seria posta à prova, porém prevaleceria. Não consegui entender o jogo de palavras, mas ainda estou me sentindo um pouco assustado com todo esse envolvimento, muito mais agora com o aparecimento de vocês duas em cena... Por onde acham que devemos começar? — Foi a pergunta que surgiu do jovem advogado.

— Acho que devíamos começar pela sua mãe. Ela deve saber muito mais do que podemos imaginar.

— Não seria melhor antes conhecermos a história do garoto. Vamos juntos à delegacia para liberá-lo e no caminho podemos tirar dele algumas informações importantes. Também fiquei muito indignado com o ocorrido no tribunal.

— O que o faz ter tanta certeza de que o libertará amanhã?
— Minha mãe!

V

Como uma avalanche inesperada, tudo aconteceu sem prévio aviso. O tempo fechou-se em nuvens escuras, carregadas de tormentas, os raios riscaram o espaço, fulminando seu caminho, e as águas desabaram, inundando sua vida de escombros. No início, tudo estava claro e calmo como numa tarde de verão; de repente, transformou-se em abalos perturbadores. Sentia uma tontura incontrolável... Foi uma sequência de fatos inexplicáveis, acontecimentos que de uma hora para outra mudaram completamente o curso de seus dias. Primeiro surgiu aquele elegante desconhecido que cruzou seu caminho e se apossou de sua liberdade, de suas vontades, escravizou seu corpo, exigindo exclusividade, custeando suas necessidades. Logo em seguida, como num passe de mágica, entre nuvens surge aquela garota que poderia mudar completamente o curso de seu destino. Estava completamente apaixonado; só ela conseguiria tirá-lo daquele lodo, fazê-lo emergir da lama que se tornara sua existência. Pretendia deixar tudo por ela, até que tudo veio abaixo, o furacão passou e arrastou tudo consigo, fazendo o mundo desabar. Sua cabeça doía muito, sentia uma pressão tão forte que parecia que seu crânio explodiria a qualquer momento. Estava muito próximo de ter uma crise convulsiva, já começava a delirar, o suor frio corria por suas têmporas, estava falando palavras sem sentido.

— Precisamos do dinheiro, vamos embora do país, vamos recomeçar nossa vida em qualquer lugar. Meu Deus, o que virou minha vida? Eu não posso ter matado! Eu não a matei...

Estava sentado no fundo da cela, em um canto, sobre o chão gelado e úmido. O corpo todo contorcido, a cabeça entre os joelhos, as mãos sobre a nuca, forçando para baixo, tentando aliviar a dor e a pressão. Seu espírito parecia inquieto, conturbado, numa situação que inspirava compaixão. Nem viu quando aquelas pessoas se aproximaram, e alguém lhe disse, com uma voz consoladora, afagando-lhe a cabeça:

— Calma, garoto. Estamos aqui para ajudá-lo. Controle-se.

Alexander levantou a cabeça dentre as pernas. Parecia que pesava uma tonelada. Sentia pontadas, parecia que agulhas perfuravam sua cabeça por todos os lados; era como se tivesse bebido um barril de aguardente. Conseguiu balbuciar algumas palavras.

— Não tenho tantas certezas, ninguém ajuda ninguém, a não ser em troca de alguma coisa.

Com muito esforço, conseguiu manter a cabeça equilibrada, conseguiu emitir um curto sorriso.

— Chegou meu milagre, doutor? Já havia desistido...

— Confie em nós, garoto. — Estendeu-lhe as mãos, ajudou-o a erguer-se e pôr-se de pé, mas teve de ampará-lo para não cair. — Viemos tirá-lo daqui. Só não vim antes porque estava aguardando a liminar favorável. Vamos levar você direto para sua casa.

— Não quero ir para minha casa.

— Tudo bem, então vamos para seu apartamento, daremos uma boa arrumada nele, deixando-o habitável.

— Não é meu apartamento.

— Não é seu? De quem é, então?

— Do juiz.

— Do juiz? Ele morreu!

— É, eu soube. Suicidou-se...

— De onde conhece o juiz?

— É uma longa história... Queria um remédio para dor. Parece que minha cabeça vai explodir.

— Vou mandar buscar. Agora vamos embora, e no caminho você nos conta toda essa história.

— Quem são as moças, doutor?

— Dr.ª Renata, assistente do promotor, e Heloísa, que é jornalista e mora com a Dr.ª Renata.

— E o que elas pretendem?

— Esclarecer alguns pontos confusos nessa trama toda, ajudar a desvendar esse mistério, pôr tudo em pratos limpos, formar subsídios para a sua defesa, depois de ouvirmos sua versão e obtivermos o conhecimento da história concreta que tem para nos contar. Vou levá-lo para sua casa, prometemos ao juiz que o deixaríamos com seus familiares à disposição da justiça.

— Sua mãe já deve ter preparado seu quarto e certamente está ansiosa pelo seu retorno ao lar — interveio a Dr.ª Renata.

— Minha mãe...? A doce e maravilhosa Vitória? Não conte com isso, ela nunca me amou realmente, mas eu a amava muito, eu sabia que aquela era sua maneira de viver. Ela sempre tinha de ser a maior, a mais bela, a especial; ela não gostava que eu a chamasse de "mamãe", só de Vitória. Pouquíssimas vezes me lembro de ela ter me pegado no colo, raros também foram os dias em que tive o prazer de sentir o calor de seus seios. Tinha a impressão de que me odiava. Já que tocaram no assunto, ela me procurou alguns dias antes do fato ocorrido (não sei como descobriu meu endereço), antes do assassinato da Melissa... Queria que eu voltasse para casa, retomasse meus estudos, disse-me que tudo seria diferente, seríamos novamente uma família feliz, como se algum dia tivéssemos tido uma família. Ela deve ter me procurado a pedido do meu pai... Como está envolvido em política e pleiteia algum cargo de ministro ou mais adiante se candidatar a senador, precisará mostrar aos seus eleitores que possui uma família estruturada, mas o que ninguém sabe é que mal conheço meu pai, que está sempre viajando a negócios ou em função do cargo de deputado, ou rodando aí pelo exterior com alguma secretária gostosa, ou tantas mulheres interessantes. Acho que tenta mostrar à minha mãe que é capaz de seduzir quantas mulheres quiser, pois mamãe, aliás, Vitória, nunca se contentou em ter um único homem. Vitória é uma devassa, uma ninfomaníaca, só que os dois nunca pensaram em separar-se... Apesar de tudo, criaram um vínculo de interesses financeiros, num deliberado propósito de manterem assim ligadas as duas fortunas comuns a nossas famílias. Não há nenhuma reciprocidade na questão afetiva, cada qual ama a si mesmo, e desprezam tudo e todos que os rodeiam.

Alexander virou-se fitando as duas mulheres que o acompanhavam.

— Vocês devem estar todos impressionados com o que estou contando e se perguntando por que estou me abrindo assim com pessoas estranhas ao nosso meio. É só um desabafo. Vitória, naquele dia, ficou uma fera quando eu disse que não voltaria para casa, que agora estava com Melissa, que nos casaríamos e sumiríamos do Brasil e da vida dela, que iríamos para a Europa ou para os Estados Unidos, seríamos modelos ou quem sabe um dia entraríamos para o cinema. E isso a deixou mais furiosa. Já pensou o filho casar-se com uma negra "pé de chinelo" e ainda ousar ser o que ela sempre tentou e nunca conseguiu? Apesar de toda sua beleza, exuberância e riqueza, ela me disse taxativamente que nunca jamais o permitiria, nem que tivesse de nos matar com suas próprias mãos. Eu sabia que ela jamais o aceitaria, e foi a primeira vez que a vi tão irritada, que a vi descer do alto de sua posição megalomaníaca de aristocrático egoísmo, descer do palco de sua ilusória e contínua representação — porque Vitória passa o tempo todo representando

—, e descer ao picadeiro da realidade e mostrar sua real característica de um ser comum, vulgar, cuja máscara de grande dama esconde seu egocentrismo. É por tudo isso que não pretendo voltar para casa de meus pais...

Todos ouviram sem intervir. Alexander pareceu aliviar-se momentaneamente com aquele depoimento triste, mas voltou a deprimir-se instantaneamente, soluçou profundamente, recostou sua testa no vidro lateral do veículo que os levava para longe daquela masmorra escura, silenciou-se e ficou olhando fixo para as calçadas movimentadas. As velhas paredes pareciam correr a sua frente, as pessoas atropelavam-se pelas ruas, correndo de um lado para outro como se buscassem alcançar algo inatingível; era como uma corredeira de um rio pedregoso que vai devastando tudo por onde passa, empurrando vidas, desejos, necessidades, desventuras... tudo segue rio abaixo numa força incontrolável, e ele havia caído naquela torrente insana, seu destino estava à mercê das tormentas: onde seria despejado? Ninguém sabia. Os grandes olhos verdes marejaram, parecia ter recobrado os sentidos quando ouviu a voz do advogado.

— Pelo menos por enquanto, você terá de voltar. Foi o acordo que fizemos com a Justiça. A não ser que tenha outro local para ficar...

— Não tenho — respondeu, melancolicamente.

— Antes, porém, de levá-lo para casa, passaremos por meu escritório e poderemos conversar um pouco mais. Quer me contar de onde conhece o juiz Ernesto, em que circunstância o conheceu e por que houve aquela comoção toda quando ele o viu no banco dos réus?

— Eu não sabia que ele era juiz. Só fiquei sabendo na hora do julgamento, e ele não sabia quem eu era: também só soube naquele instante que me viu sentado ao seu lado, doutor.

— Que coisa mais estranha... Agora estou entendendo menos ainda, embaralhou tudo! — falou a doutora, como se estivesse falando para si mesma.

VI

O que poderia estar fazendo aquele homem tão distinto, tão bem vestido, de meia-idade, cabelos grisalhos levemente ondulados, metido em um terno preto de corte primoroso e gravata de seda italiana vagando só por entre as ruas de um local luxuriante? Não estaria perdido, pois os néons multicores distinguiam bem aquele pedaço de São Paulo: eram casas de shows e boates uma ao lado da outra, cada qual oferecendo o maior número de diversão e entretenimento em seus quadros publicitários expostos às respectivas portas de entrada. Transitando pelas ruas? Só se podia notar a presença de prostitutas, travestis e garotos de programas, que se movimentavam em busca de prazer ou simplesmente ganhar a vida vendendo o corpo a qualquer preço, alguns corpos bem torneados, outros bronzeados, postos à mostra como uma mercadoria, sem o menor pudor... Se bem que por ali só chegavam aqueles em busca de novas aventuras ou prazeres escusos.

Alex vinha calmamente rodando a chave do quarto onde morava. Deixou a Avenida Consolação, entrou na calçada da Rua Rego Freitas, e aquela luminosidade repentina lhe feriu os olhos. Fechou-os e abriu-os instantaneamente com a finalidade de se adaptar à claridade intensa que vinha de todas as ruas daquela região. Cada uma das casas de espetáculos queria mostrar-se mais alegre, com luzes coloridas que enfeitavam a fachada em cascatas ornamentais. Era tanta luminosidade que ofuscava a visão dos transeuntes de forma muito ostensiva. A noite paulistana naquele pedaço da cidade transformava-se num imenso palco com seus personagens bizarros, cada qual representando seu papel no triste teatro da vida, oferecendo pelo melhor preço todo tipo de prazer dissoluto.

Cada vez que Alex punha os pés naquelas ruas, sentia-se em casa. Todos cumprimentavam e chamavam pelo nome aquele garoto de olhos verdes penetrantes, temperamento calmo, gestos inocentes e irresolutos. Uma criança desprotegida. Parecia que se perdera de sua mãe e perambulava no centro daquele conturbado circo de desventuras, parecia que todos por ali queriam abraçá-lo, protegê-lo, e ficava em cada cabeça uma pergunta e uma dúvida: Quem seria aquele jovem educado, bonito, que aparecera de repente, cativando a todos?

Entre acenos e cumprimentos, ia caminhando de uma calçada para outra, quando teve um leve tremor de susto. Assim que aquele homem elegante o interpelou, parando a sua frente, perguntou com voz firme e estranha:

— Você é garoto de programa?

— E se for?

— Vamos entrar no meu carro, que está ali estacionado. Não posso me expor... Lá poderemos conversar melhor, concorda?

— Nunca o vi por aqui. O que quer?

— Conversar! Venha, entre no carro! Não há perigo, só vamos conversar.

Aquela abordagem, aquelas maneiras educadas, o jeito de falar, de se portar, aquele carro importado, bem cuidado, tudo aquilo deixou Alex apreensivo, porém cheio de curiosidades, o que é muito natural que aconteça. Seguiu pensando consigo mesmo: "O sujeito está sozinho, e eu sou muito mais forte e mais jovem. Que mal poderá acontecer? Vamos lá!" E seguiram em direção ao carro do homem. Ouviram-se alguns gracejos dos colegas de infortúnio.

— Não judie muito do coroa, hein, Alex! Ele pode gamar. Cobre bem caro o michê, que a bicha velha tem grana.

Alex virou-se para aquele senhor bastante embaraçado.

— Desculpe. Esses caras...

— Não se preocupe... — O senhor interrompeu-o.

Os dois sentaram-se nos bancos da frente do carro, e Alex tomou a iniciativa.

— Bem... aqui estamos. E aí? Meu nome é Alex, e o seu?

Antes de responder à pergunta, com muita suavidade e demonstrando experiência, o senhor passou a mão sobre as coxas musculosas do jovem acompanhante, olhando-lhe fixamente os olhos com uma expressão sorridente. Aquela fisionomia sisuda de alguns segundos atrás se transformou imediatamente. Sua mão foi subindo de forma insinuante, desde o joelho, chegando até as imediações da virilha. Mordeu de leve o centro dos lábios, como se deliciando com o que acabara de sentir no toque da mão, um volume pouco normal, passando a acariciar aquele membro precioso, avaliando seu formato delicadamente como se avalia uma obra de arte, uma escultura.

— Você é bicha? Vai querer transar ou vamos ficar nas preliminares? Até para passar a mão tem de pagar, meu!

— Não precisa ser grosseiro. Não sou bicha, sou alguém que gosta de ser amado por outro homem, principalmente um menino bonito como você. Não se preocupe, estou disposto a pagar, e bem, pelo seu carinho. Só estou avaliando o material para saber se vale a pena. Tenho um apartamento aconchegante na Vila Mariana. O que acha?

— Não seria melhor combinarmos o preço, quantas horas, se vai ser a noite toda? Enfim, como lhe disse, tudo tem um preço, é o meu negócio.

O velho homossexual fez um muxoxo, baixou a cabeça até o colo do jovem, beijou seu sexo por sobre o tecido da calça, passou a mão suavemente por baixo de seu queixo liso e disse:

— Pode crer, não vai se arrepender. Vai receber muito mais que imagina... Sou muito bonzinho.

Ele abriu a porta do pequeno apartamento... Um mobiliário simples, esparso, malcuidado. Via-se claramente que aquele imóvel servia a um único propósito, ou seja, encontros furtivos. Dirigiram-se diretamente ao quarto, que tinha ao centro uma enorme cama de casal coberta por um lençol de cetim vermelho. Era o único cômodo que recebia maiores cuidados. Enquanto Alex procurava reparar cada detalhe do local, o homem, que até então não dissera quem era, de onde veio (só se poderia imaginar para que veio), acendeu o abajur ao lado da cabeceira, desvencilhou-se do paletó e virou-se calmamente para o jovem, dizendo, com um tom de voz melosa:

— Quer tomar um banho? Um drinque?

O senhor aproximou-se e começou a erguer a camiseta de malha de Alex, emitindo um suspiro profundo ao sentir o calor que emanava daquele corpo saudável e levemente perfumado; esfregou o rosto pelo peito liso e, enquanto suas mãos acariciavam-lhe as costas. Iniciou uma sessão de beijos começando pelo pescoço, e foi descendo intercalando as partes, baixou o zíper da calça; com todo cuidado, desceu sua roupa com as duas mãos, enquanto se apoiava no rapaz somente com o rosto. Sentiu por toda extensão do corpo um arrepio de prazer ao tocar aquele membro já rijo, semicerrou os olhos. Como um louco, começou a sugar vorazmente, com uma volúpia incontrolável, impensada, parecia querer engolir tudo, ficar com aquilo só para ele, aquilo o machucava nos cantos da boca, mas só foi perceber ou sentir alguma dor quando se viu inundado por aquele líquido leitoso que lhe escorria pelo queixo após ter levado o parceiro ao gozo.

Passados alguns momentos, Alex estava ali deitado, preguiçosamente largado sobre o cetim macio, completamente extasiado. Esperou mais alguns minutos para levantar-se e ir ao banheiro. Sem fazer barulho, notou que aquele senhor cheio de arroubos sexuais estava debruçado sobre o lavabo; com a cabeça apoiada sobre o braço direito, parecia soluçar; algumas lágrimas lhe desciam pela face e corriam pelo braço. Alex aproximou-se, colocou sua mão sobre os ombros do parceiro, num afago carinhoso, demonstrando preocupação.

Com este gesto, o senhor lembrou-se de sua primeira vez em uma barraca de acampamento, muito tempo atrás. Tantas coisas se apagaram de sua memória até então, mas aquele dia permanecia vivo. Quando se deixara seduzir, e aquilo se transformou num vício que o arrastava impiedosamente pelas calçadas do submundo em busca de novas aventuras, não sabia se sentia ódio, desejo ou saudades; só sabia que queria tê-lo novamente dentro de si, sentir novamente aquela peça entrando e dilacerando-o por dentro, fazendo-o lembrar-se daquele que foi seu primeiro amor. Mais uma vez não teve forças para resistir e permitiu que aquele jovem, com seu pênis enorme, invadisse suas intimidades, abusando voluntariamente de sua impotente reação, reacendendo os prazeres do vício.

    Alex continuava sem saber quem seria aquele homem capaz de chorar de vergonha ou humilhação e ao mesmo tempo inebriar-se de gozo de uma paixão animal, implorar para ser invadido sem o menor respeito ou pudor, como uma prostituta vulgar. Perdido em reflexões e questionamentos, sentou-se à beira da cama, sentiu vontade de chorar e jogar fora aquele sentimento de amargura, sentiu-se tão só, abandonado num mundo sem fronteiras, mas que não o levava a lugar nenhum. Olhou ao seu lado aquele corpo desfalecido e masculino, já com marcas evidentes do tempo. Como podia ter coragem de se envolver de forma luxuriante, chegar ao ponto de se vender a qualquer preço, a qualquer um que aparecesse?

    Sua memória retrocedeu no tempo, e com muito pesar começou a lembrar-se de sua conturbada infância. Queria tanto que sua mãe estivesse ali e dissesse a ele o que fazer. Poderia até ficar brava, chamar sua atenção, quem sabe colocá-lo de castigo, mas que viesse em seu socorro, que o abraçasse forte e o protegesse daquelas pessoas que só gostavam dele para o sexo, para usar seu corpo como uma mercadoria barata. Mas não culpava sua mãe, ele era o culpado... Ela tinha razão, ele não passava de um menino mimado e agora estava perdido, entregue à devassidão.

    Sentia-se tão perdido quanto no dia em que chegou a casa da escolinha e correu pelo corredor em direção ao seu quarto, e viu Vitória nua sentada sobre um homem estranho; seus seios acompanhavam o balanço de seu corpo em movimentos compassados, e ele ficou estático; seu espírito, irremediavelmente abalado. O que sua mãe fazia em cima de um homem que não era seu pai? Sentou-se do lado de fora do quarto, junto à porta, e chorou copiosamente. Talvez nem fosse por causa do estranho, nem pelo comportamento impensado de sua mãe ao trair seu pai dentro de sua própria casa. *Mais por se entregar a um estranho.* Toda vez que a procurava, ela rejeitava a ele como a um intruso, como alguém que surgira em sua vida para infernizá-la. Ele era motivo de infelicidade para ela. Mas Alex faria de tudo para demonstrar que a amava intensamente, precisava muito dela, e sentia-se sempre frustrado em suas tentativas de aproximação. Naquele dia então, chorando, esperava que sua mãe viesse em seu socorro e abandonasse aquele homem estranho que, para ele, a estava molestando. Mas, ao invés disso, Vitória ficou ainda mais furiosa pela interrupção, abriu a porta e o enxotou de forma contundente, agressiva, ameaçando-o de castigos, frustrando ainda mais seus intentos.

Nesse clima de rejeição e solidão dentro de uma família desestruturada física e moralmente, Alex foi crescendo cheio de traumas, recebendo carinhos e afetos tão somente dos criados, que recebiam para proporcionar a ele algum consolo.

Lembrou-se de quando, já com 12 anos — um corpo bem formado, era um garoto grande, bem desenvolvido para sua idade —, a nova arrumadeira Alice, uma jovem já com seus 25 anos, entrou em seu quarto, surpreendendo-o completamente nu, saindo do banheiro após o banho ainda com a toalha nas mãos. Ela ficou parada o encarando, bastante impressionada pelo tamanho de seu órgão genital, que contrastava com sua estatura e seu jeito de criança. Ficava até desproporcional em relação ao seu corpo aquela serpente grotesca pendendo entre suas pernas brancas e torneadas. Ela inconscientemente empurrou a porta com os pés, veio sobre ele com os olhos vidrados naquela peça atrativa. Alex, sem reação, sem pressentir quais seriam as intenções da jovem arrumadeira, ficou abobalhado, imóvel diante da porta do banheiro. Alice pegou a toalha, terminou de enxugá-lo, passando a mão por toda extensão de seu corpo com muita suavidade e carinho, levou a mão até seu aparelho sexual, causando nele uma sensação agradável. Alguma coisa nova e estranha acontecia em seu corpo, sentia um calor, um arrepio que lhe fez estremecer, um formigamento que subia dos pés até a cabeça. Ela deitou-o sobre sua cama, começou a passar a ponta da língua úmida por entre suas pernas, segurando seu pênis, já extremamente duro, com uma das mãos, fazendo movimentos lentos de uma masturbação experiente. Teve tamanho sobressalto que, por pouco, não caiu da cama quando ela abriu a boca e engoliu-o todo. Sentia um prazer tão grande que teve a impressão de que desmaiaria, mas firmou a cabeça da mulher com as mãos, não queria permitir que ela tirasse mais a boca dali. Ela teve de fazer um esforço muito grande, puxando a cabeça violentamente para cima para não se afogar com a primeira e abundante ejaculação daquele menino precoce. Mas não se deu por vencida: voltou a lambê-lo freneticamente, não permitindo que amolecesse. Ergueu a saia, puxou de lado as bordas da calcinha e sentou-se sobre o aparelho entumecido, que deslizou suave para dentro daquela gruta acolhedora, quente e completamente molhada e receptiva, sendo essa a primeira experiência sexual de Alex. Alice trabalhou mais alguns anos em sua casa, ensinando a ele todos os mistérios e habilitando-o na arte de fazer amor, transformando-o desde muito cedo num artífice do sexo, numa máquina de prazer.

    Levantou-se, balançou a cabeça como que querendo expulsar aqueles pensamentos, esquecer tudo o que fora passado. Colocaria a roupa e iria embora sem dar satisfações àquele homem. Não queria nada, nem um centavo pelo que acabara de fazer. Até que sentiu uma pressão sobre os ombros forçando-o a sentar-se novamente. O homem acordara com o movimento que fizera para erguer-se, encostou sua face, já um tanto áspera pelos primeiros fios de barba que brotavam de seu rosto, em suas costas, e perguntou baixinho, quase sussurrando:

— Aonde vai, meu garoto?

— Vou ao banheiro — mentiu Alex.

— Não está pensando em ir embora e me abandonar, não é mesmo? Agora você é meu. Queria que ficasse morando aqui neste apartamento.

    Ele fez com que Alex se deitasse ao seu lado, começou a beijá-lo, e pela primeira vez Alex sentiu nojo daquilo. Levantou-se de um único salto, correu para o banheiro, com ânsia de vômito, subiu-lhe aquele gosto ácido metálico pela garganta. Fez um gargarejo, engoliu um pouco de água, enxugou a testa com uma toalha, que alcançou com a mão direita enquanto descansava a cabeça sobre o braço esquerdo, e ficou alguns segundos naquela posição. Agora era sua vez de repetir a cena que vira pouco antes. Ele estava ali soluçando, e o velho homossexual aproximou-se despercebido, encostou-se nele por trás e repetiu seu gesto, perguntando:

— O que houve, meu bem?

    Alex sentiu vontade de desvencilhar-se dele e sair dali correndo. Alguma coisa lhe dizia no íntimo que o melhor a fazer era fugir daquele homem, como se o sexto sentido o alertasse para algo muito ruim. Porém aquela era a vida que havia escolhido, uma forma de ganhar dinheiro, e aquela pessoa, apesar de lhe causar um certo desprezo, e de não estar se sentindo bem ao seu lado, representava um bom dinheiro.

    Por mais alguns, segundo ficou naquela posição, com sua lembrança voltada para os primeiros dias como garoto de programa, a romaria às casas de diversão, perambulando sem rumo até encontrar uma outra alma vazia, uma solitária e carente mulher que fora abandonada pelo marido, ou escrava ou escravo do vício disposto a pagar por algumas horas de falso carinho na insensata busca de afeto adquirido por meio do vil metal.

— Acho que me senti mal por não ter comido nada desde ontem, acho que é isso!

— Pobrezinho! — Passando a mão na cabeça de Alex, o senhor continuou ainda recostado a suas costas. — Vou deixar um bom dinheiro para você, compre o que precisar e continue aqui. Falarei com o síndico. Busque suas coisas e mude-se para cá imediatamente — disse-lhe isso como uma ordem, uma sentença que deveria ser cumprida sem restrições.

— Mas... eu nem sei quem é você, e você nunca me viu antes, não sabe quem eu sou.

— Só sei que não posso perdê-lo, que não devo deixá-lo fugir de mim. Estou apaixonado, e vamos nos dar muito bem. Terá tudo de que precisa e o que quiser... Se for bonzinho comigo, nunca se arrependerá.

E beijou seu rosto com carinho, passando a mão pelo seu pau e dizendo:

— Chame-me de Ernesto. Tem uma cópia da chave com o dinheiro logo ali. Vejo você em breve, à noite.

E desapareceu quando o elevador se fechou.

Alex voltou para a cama deitou-se sozinho, puxou o lençol de cetim vermelho por sobre o corpo completamente nu e dormiu.

VII

Vitória fora criada como uma verdadeira princesa, com todas as pompas de uma família nobre, herdeiros dos antigos barões do café, que, ao perceberem que o ouro negro afundava com a retração do mercado externo, mudaram seus investimentos, fundaram bancos e instituições financeiras.

Seu avô, um imigrante italiano que viera para o Brasil fazer a América, soube aproveitar as oportunidades: com seus conhecimentos e uma força sobre-humana, conseguiu vencer, e na hora certa pressentiu uma boa oportunidade de ganhar dinheiro com as guerras que ocorriam na Europa. No início contrabandeava alimento abastecendo os Aliados, no decorrer da Primeira Guerra, passando pela África; quando eclodiu a Segunda Grande Guerra, abastecia os dois lados — sua preferência era tão somente quem pagasse melhor —; e, no fim da guerra, transpôs refugiados ou facilitava a fuga de criminosos procurados por crime contra a humanidade nos campos de concentração. Sim, aqueles que promoveram o Holocausto, tudo em troca de muito ouro, que transformou a família de pobres imigrantes em poderosos senhores de terra; e em grandes investidores, na fase do desenvolvimento industrial no Brasil.

Eram então um dos mais poderosos empresários brasileiros na metade do século para frente, passando a fazer parte da mais fina sociedade paulistana. Na primeira oportunidade, compraram um belíssimo casarão nas imediações da Avenida Paulista, deixaram o bairro do Brás, procurando esquecer os momentos difíceis por que passaram desde o dia que atracaram no Porto de Santos e vieram para o Bixiga em São Paulo, em busca de uma vida melhor.

E conseguiram, à custa de muito esforço e sacrifício. Agora eram os senhores Bonani, donos de uma invejável fortuna. E, nesse clima de espíritos excelsos, de pessoas superiores que se fizeram por si mesmas, sem se preocuparem como ou a que custo, alcançaram o sucesso. Nasceu Vitória, filha de imigrantes italianos que conseguiram fazer a América no Brasil, e montar um patrimônio invejável. Passaram a frequentar os melhores teatros, os mais finos restaurantes, viajar todo ano em férias para a Europa, conheciam perfeitamente a Itália, a França, algumas regiões de outros países europeus e os Estados Unidos. Ampliaram seus conhecimentos, melhorando também o nível cultural.

Vitória cresceu então rodeada de mimos e glorificações, fazendo com que se sentisse como uma rainha, com tudo ao seu alcance. Poderia pisar sobre todo mundo, e possuir seu séquito de bajuladores a hora que quisesse, ajoelhados que estariam todos a seus pés, reverenciando-a e lisonjeando-a, envaidecendo-a, fazendo dela uma menina egocêntrica e supermimada, achando-se sempre infinitamente superior. E assim cresceu sem nunca ter conhecido a menor dificuldade, com tudo facilitado e ao alcance das mãos.

Aos 14 anos, já era uma moça formada, com um corpo já bem delineado, curvas generosas, seios redondos. Seus olhos verdes pareciam recender, acentuando sua beleza juvenil. Desde muito jovem, despertava ciúmes nas colegas de escola, e o desejo de todos os adolescentes. E ela se apercebia disso, fazendo-se a cada momento mais insinuante e atraente. Nunca teve grandes preocupações sobre em que deveria se formar, qual curso universitário deveria frequentar, pois, conhecedora de seus dotes e das facilidades que lhe proporcionava o dinheiro dos pais, não teria muito com que se preocupar;

seria o que quisesse ser. Pensava em ser artista, mas nunca se preparou para tanto, sempre tendo em mente que, com sua beleza e desenvoltura, na hora que lhe desse vontade estalaria os dedos e tudo cairia em suas mão com facilidade... O importante era se divertir.

Adorava despertar desejos desenfreados nos garotos de sua idade, que lhe imploravam um momento que fosse ao seu lado. Se um lhe conseguia um beijo, era a glória. Mas, apesar de tudo, Vitória sabia dosar seus instintos e usar seu charme; só não tinha a garra e a determinação de seus avós: preferia que as coisas viessem da forma mais fácil, sem nenhum esforço, e isso é o que sempre acontecia. Para ela tudo era facilitado: quando não o conseguia derramando seus métodos sedutores, conseguia pelo dinheiro.

Vitória entrou na faculdade, e seus pais lhe deram um carro importado de presente. Foi a primeira garota de sua turma a ter um Mustang, o carro americano mais cobiçado pelos brasileiros apreciadores de automóveis. Um belíssimo Mustang vermelho conversível. Também motivo de muita admiração e inveja, sempre fora uma garota privilegiada; todas as manhãs, ao chegar ao campus da universidade, estacionava seu veículo e sempre havia um rapaz alto aparentando bem mais idade que ela ali de pé, ao lado de um velho, mas bem cuidado, Passat. Sempre chegava mais cedo e parecia estar sempre a sua espera, à espreita, guardando aquela vaga no estacionamento para ela. Não tinha a necessária coragem de se aproximar e se apresentar, no entanto.

Ele frequentava o curso de Direito, e ela, por orientação de seus pais, Economia. Era filha única, e um dia assumiria as empresas da família, por isso deveria se preparar. Se bem que este nunca fora seu ideal; preferia que alguém fizesse as coisas por ela; detestava essa ideia de trabalhar, cuidar de finanças, indústrias, empregados, reuniões de negócios. Isto para ela seria como uma tortura, e daria um jeito de encontrar alguém competente para manter sua fortuna e que ficasse sob seu comando.

Sendo assim, toda vez que descia do carro, fazia-o de um jeito "displicente", mostrando as penas para agraciar o jovem estudante e espectador de todos os dias com uma maravilhosa visão de suas coxas bem torneadas, o que o deixava extasiado. Graciosamente fechava a porta do carro com as pernas ou o joelho e saia balançando os quadris insinuantes, como uma modelo desfilando elegantemente sob as luzes de uma passarela imaginária, sempre com um sorriso maroto, afastava-se sem dar a menor importância àquele admirador anônimo, que até o último momento esperava para vê-la contornar a quadra que dava acesso ao pavilhão da Faculdade de Economia, deixando-o com a cabeça cheia de ilusões de que um dia criaria coragem de aproximar-se e convidá-la para sair, conversar. Quem sabe despertaria naquela moça tão cheia de fricotes um sentimento mais profundo. Ele se contentaria com qualquer coisa, nem que fossem alguns segundos de carinho, mas nunca conseguia juntar coragem suficiente para se aproximar; sua timidez era desconcertante, e ela parecia pressentir sua covardia e divertia-se intimamente com aquilo, que para ela era uma massagem em seu ego inflado.

Todos os rapazes a veneravam, dariam a vida por um momento de amor com ela. Em todos os lugares que frequentava, era sempre a mais destacada. Quase todas as semanas, estampava a capa de alguma revista da moda, ou era manchete de alguma notícia social dos principais jornais de São Paulo ou até do Rio de Janeiro. Só não havia conseguido despertar o sentimento de um jovem de sua classe que, como ela, se mantinha arrogante e autossuficiente, também de família rica, porém não tão rica como a sua. Mas frequentavam as mesmas rodas da alta sociedade.

Geofrey era um jovem alto, de mais ou menos 1,80 m, fazia parte da equipe de equitação do Clube Pinheiros, jogava basquete no time da universidade e, quando aparecia na piscina metido em um minúsculo calção de banho, arrancava suspiros das meninas, às vezes até mais do que os atores de novela ou cantores de sucesso, mas divertia-se sobremaneira esnobando Vitória. Sabia de suas fraquezas e exatamente como deixá-la à beira de um ataque de nervos por não dedicar a ela a atenção que desejava e de que se achava merecedora. Ela chegou a chorar de ódio quando o convidou para ser seu par no baile de formatura dos formandos do ano de 82 e ele simplesmente recusou, pois já tinha se comprometido com a colega de classe Cecília, que em beleza estava longe de se comparar com ela, mas, em graciosidade e educação, superava-a e muito, e isto ela não poderia permitir. Quando descobriu que o pai de Cecília tinha negócios com o seu e dependia financeiramente da instituição bancária de sua família, ameaçou-a de não liberar mais um centavo que fosse para seu pai, se ela não desistisse de ir ao baile com Geofrey. Este, ao ficar sabendo da ameaça, deixou Vitória ainda mais irritada, porque nem sequer se dignou a ir ao baile. Mas no íntimo ele se preocupou, pois suas famílias mantinham negócios, e a sua dependia muito dos investimentos das empresas Bonani. Agora sabia do que aquela maluca da filha deles era capaz para conseguir seus intentos.

Certa tarde após o término das aulas, lá estava novamente o admirador anônimo, com aquele olhar apalermado, esperando estático para ver sua doce e adorada Vitória por alguns minutos. Passado um momento, ela surgiu apressada, seus cabelos dançavam ao vento, deixando-a ainda mais deslumbrante. A cada dia parecia mais bonita aos olhos daquele jovem apaixonado, e foi naquele momento que o coração dele parecia que lhe saltaria do peito; batia descompassadamente quando vislumbrou a oportunidade de chegar até ela, conversar, oferecer seus préstimos...

Vitória entrou no carro, ligou a chave da ignição, mas o carro não deu partida. Mesmo insistindo inúmeras vezes, ela não obteve resposta do motor, por isso desceu do carro visivelmente irritada, chutando a lataria com raiva. Detestava contrariedades...

— P... posso... ajudá-la?

— Você é mecânico, entende alguma coisa de carros importados?

— Não, não sou mecânico.

— Desculpe, essa merda não pega. Vou perder minha aula de dança. Vou ligar para a agência, e eles virão buscá-lo.

— Não se preocupe, eu a levo até sua academia e, se quiser, posso até esperar você terminar sua aula. Se me permitir, claro!

Vitória olhou-o de cima abaixo, restabeleceu seu autocontrole, suspirou profundamente, e foi aí que pôde perceber: apesar da timidez e insegurança, seu admirador era um homem bonito, falava de forma pausada, como se estivesse com medo de dizer alguma coisa que a pudesse magoar; parecia pensar antes de falar, sempre procurando a palavra correta.

— Está bem... Vou aceitar sua ajuda — disse, como se ela estivesse lhe fazendo o maior favor de deixá-lo ajudar. — Vamos nessa! Qual é o seu nome? O meu é Vitória.

— Eu sei... Chamo-me Helder. Para onde vamos?

— Perto do Masp, Academia Paulista de Dança. Sabe onde é?

Claro que ele sabia. Por inúmeras vezes a havia seguido até lá, conhecia até os atalhos. O que não sabiam é que ali iniciava um capítulo trágico da vida deles, aquele encontro, aquelas poucas palavras mudariam completamente o rumo de sua existência.

VIII

Melissa, como toda jovem adolescente, tinha a cabeça repleta de sonhos. Desde muito pequena, todos no bairro a achavam a menina mais graciosa daquela periferia, alguns indivíduos até maldosamente achavam que, com sua beleza, desembaraço e precocidade, ela se daria muito bem na vida, conseguiria ser o que quisesse. Aos 11 anos já se formavam pequenos mas luxuriantes volumes na altura do peito, que a deixavam cheia de orgulho, repleta de vaidade juvenil. Suas coxas, firmes, bem torneadas e sempre à mostra, às vezes sugeriam pensamentos desairosos. Na escola, costumava ganhar todos os concursos de que participava, estava sempre presente em qualquer evento, a tudo que promoviam no âmbito escolar, teatro amador, jogral, concursos de canto, enfim, em todas as atividades da escola lá estava Melissa, com muita desenvoltura e graciosidade.

Era o orgulho dos pais, um pessoal muito simples, mas com ideias bastante avançadas, sempre incentivando os filhos, principalmente a filha — ela poderia ser a razão de um futuro melhor para todos. Só havia um problema: a cor da pele. Era a amiga de todos, a mais bonitinha, a mais desenvolta, a mais talentosa, porém a mais invejada, e, por ser negra, nunca era convidada para as festas das colegas de escola. Desde muito cedo aprendera isto: teria de enfrentar muitas adversidades, muito preconceito. Conhecia sua capacidade, notava em si uma anatomia já bastante sedutora e saberia tirar proveito disso, sabia que um dia encontraria alguém ou alguma forma de conseguir o sucesso desejado, tinha plena convicção de que, quando algum garoto se aproximava, ou a convidava para alguma coisa, sempre era com intenções de querer se aproveitar dela, de fazer uso daquele corpinho já bem delineado, que a cada dia se tornava mais próximo da perfeição. Sabendo disso, procurava sempre tornar seu corpo mais atraente.

Além da cor, tinha contra si o agravante de ser pobre e ter nascido na periferia. Para tudo que imaginava fazer, tinha de pagar, e nada custava barato. O que a família ganhava não era suficiente muitas vezes nem para a alimentação; todo o dinheiro que entrava em sua casa já vinha com destino certo, aluguel, mercado, prestações. Enfim, como todos de sua classe social, a vida transformara-se em uma verdadeira batalha para a sobrevivência, e seus pais não lhe escondiam essas dificuldades, essa luta cotidiana.

Quem mais a ajudava e protegia era não menos que seu irmão um pouco mais velho, Cezar Augusto, mas que gostava de ser chamado de Guto. Guto tinha toda paciência do mundo quando Melissa vinha choramingar suas mágoas, seu desprezo pelas pessoas que a menosprezavam. Nunca era convidada para as festinhas das colegas brancas, e, sempre que havia alguma indicação para qualquer evento fora da escola, eram as meninas brancas que acabavam sendo indicadas, e isto ia formando na alma de Melissa um rancor, um ódio sem precedentes.

Mesmo com tudo isso, crescia com muita determinação e vontade de vencer e mostrar àquele povinho ignorante que este errou, que ela seria a vencedora; e aquela gente, sempre medíocre e suburbana. Esse era o pensamento que Guto buscava passar para ela, sempre incentivando-a e dando-lhe coragem. Dizia a ela que não se preocupasse, que nunca se deixasse abater, que tudo que ele, Guto, pudesse fazer, tudo o que estivesse ao seu alcance, buscaria no intuito de realizar os sonhos da querida irmã. Isto a consolava, e a cada dia ficavam mais ligados. Melissa confiava e adorava o irmão, e o sentimento era recíproco.

Certo dia ela lhe disse que seria o empresário dela quando alcançasse a fama, o sucesso. Ele lhe respondeu prontamente que faria tudo por ela, mas também tinha suas ambições. Não era para menos: Guto era um negro bonito, com pouco mais de 18 anos, 1,80 m, um corpo bem modelado; tinha seus próprios sonhos e trazia na mente o sonho de um dia ainda ser alguém. Não se achava talentoso, tinha consciência de que nunca seria um artista, por isso buscava outros caminhos, trabalhava durante o dia, e à noite fazia curso de informática, buscava ser um ás do computador, e nos fins de semana participava de um grupo de capoeira com mestre Dila.

Numa sexta-feira, quando chegava à academia, Guto foi até o vestiário e lá já estava um colega seu, o Alemão. Chamavam-no assim pela cor clara dos cabelos e da pele, um jovem de boa postura atlética, cheio de gingas, e só falava usando gírias. Era um amigo das noites paulistas, pouco dado ao trabalho braçal ou intelectual. Um dia era segurança de algum artista; no outro, garoto de programa, ou às vezes estava metido em algo ilícito.

O Alemão virou-se para o colega e disse, sem rodeios:

— E aí, negão, quer ganhar uma grana mole amanhã à noite?

— Sei lá, cara... É coisa limpa? Se for sujeira, estou fora.

— Limpeza e moleza, vai ser a grana mais fácil e agradável que você já ganhou na sua vida.

— Do que se trata?

— É só dançar para umas coroas no Clube de Mulheres, a boate de um amigo lá na Moema. Com esse seu corpo, esse seu jeitão de galã negão, você vai ser o maior sucesso, e quem sabe não pinta uma perua cheia da grana e acaba gamando por você. Aí é tudo contigo mesmo, mano. Vai ficar numa boa. E aí, vamos?

Chegaram cedo à boate. Guto, ainda inibido, teria de dar uma boa ensaiada, afinal a primeira vez sempre é mais difícil. Tanto que o proprietário e coreógrafo Frank sugeriu que se apresentasse de máscara... Ficaria mais solto. Usou todo o seu conhecimento e sua técnica para deixá-lo totalmente desinibido, pois tinha certeza de que aquele garoto seria um sucesso no seu show logo mais à noite. E estava absolutamente certo.

Guto entrou vestido de príncipe africano, roupa típica de Angola. Quando os focos iluminaram o palco, ele adentrou soltando golpes de capoeira em um malabarismo cheio de atrações, que de imediato chamou atenção de todas as mulheres presentes. A princípio, ficaram estáticas, apreciando os movimentos cadenciados de uma dança também muito ritmada. Só se ouvia o som do berimbau e as batidas de seus pés descalços no tablado do palco.

De repente, irrompeu uma gritaria ensurdecedora, um frenesi, quando ele, num rompante, rasgou a camisa, expondo o busto, que parecia crescer ao receber de chofre o facho luz que imprimia ao espetáculo os efeitos especiais daquele ritual sensual. Aquele monumento negro se destacava diante dos olhos ávidos da mulherada presente, apresentava-se como um deus de ébano, deslumbrante e sedutor. Algumas frequentadoras mais abusadas não esperaram o fim da apresentação, partiram para cima do jovem negro, já quase sem roupa, e passavam-lhe a mão, beijavam-no todo o corpo, davam gritinhos histéricos, queriam sentir nas mãos aquele corpo quente, suado, deixando-o completamente desconcertado.

Sem intenção de ser descortês, Guto foi desvencilhando-se do mulherio ensandecido e deixou o palco assustado. Chegando ao camarim, deixou-se cair, exausto e ainda ofegante, sobre o sofá. Estava só com uma minúscula sunga de lycra, que mais parecia uma calcinha feminina que entrou entre suas nádegas e o incomodava. Levantou-se e arrancou a peça irritante; e, se não fosse negro, diria que estava completamente ruborizado quando se virou e deu de frente com aquela mulher exuberantemente bela, aparentando não mais que 35 anos, cabelos longos levemente clareados, mas era evidente que nunca fora loira (só dera uma leve disfarçada). O rosto não tinha sinais de expressão, nem sequer vinco que pudesse marcar sua pele.

Ele de imediato levou as mãos ao sexo, numa mostra clara de timidez e vergonha, buscando esconder aquela peça tão bem dotada e volumosa. Isso nunca havia acontecido, não fazia ideia de como se portar, do que fazer, estava completamente apalermado, sem jeito. Ela colocou-o mais à vontade quando lhe disse:

— Fique calmo, meu jovem, fique calmo. Não precisa esconder o que é bonito. — E aproximou-se mais e mais, até ficar bem perto e sentir-lhe a pulsação.

O coração do jovem acelerou, batia descompassado, e aquela mulher fina, com gestos medidos, pegou as mãos dele e afastou-as suavemente, deixando novamente exposta toda a sua anatomia externa. Guto ficou completamente mudo. Isso lhe ocorria como mais uma novidade, ele antes costumava procurar as mulheres, nunca ser caçado por elas como um objeto de prazer e admiração. Ela pôs-se a acariciá-lo, a princípio no rosto, com as costas das mãos, e suavemente seguia o contorno de seu rosto; passou pelos ombros largos e fortes, foi descendo pela cintura até a altura daquelas ancas, tão proporcionais ao resto do corpo. Sem conseguir conter-se, seu membro foi enrijecendo-se, e ela ao percebê-lo, maliciosamente o tocou com carinho, com tamanha delicadeza que parecia embalar uma criança, e ambos ficaram extremamente excitados. Guto tentou erguer sua saia e partir para dentro dela, incontido, cheio de tesão. Ela segurou-o firme.

— Calma, meu garanhão, aqui não. Vamos para minha casa. Já falei com Frank, vou roubá-lo dele por algumas horas. Lá em casa é muito mais confortável. Coloque sua roupa e venha comigo.

— Mas... não sei quem é a senhora, e a senhora não me conhece!

— Não me chame de "senhora", chame-me de "você". E não se preocupe, que iremos nos conhecer muito bem. Vamos?

— Meu cachê! Preciso do dinheiro...

— Já resolvi isso com o Frank, vou pagar seu cachê. Coloque sua roupa e venha comigo.

Guto não tinha argumentos, mas também não tinha motivos para questionar. Estava pintando ali uma oportunidade muito boa de arrancar algum dinheiro fácil e começar a se arrumar na vida e com uma bela e gostosa mulher que mostrava ter muita experiência, saber tudo de sexo, e isso era exatamente do que estava precisando, alguém que o mantivesse financeiramente e, de quebra, lhe proporcionasse bastante prazer. Para ele, seria o casamento perfeito. Só não podia imaginar que a experiência daquela mulher transcendia os limites de uma simples relação amorosa, estava entrando por um caminho perigoso e de difícil retorno.

Não demoraram muito até chegar ao suntuoso prédio de apartamento da dama ainda desconhecida. Subiram o elevador, e ela já o acariciava, segurava em sua mão, dizia algumas palavras ininteligíveis em muxoxos lânguidos, dava-lhe beijinhos no lóbulo da orelha. Só disse algo compreensível quando o elevador abriu a porta.

— Chegamos.

Abriu a porta do deslumbrante apartamento, muito bem decorado, repleto de obras de artes pelas paredes e sobre os móveis antigos, o que demonstrava intenso bom gosto ou talvez o toque mágico de algum decorador profissional. Guto ficou por alguns segundos boquiaberto, só apreciando tamanho luxo e requinte, perdido em seus pensamentos. "Onde será que essa dona arrumou tanto dinheiro para manter todo esse deslumbre?"

— Acorde! Venha... Vamos tomar um banho?

— Afinal de contas, quem é você?

— Está bem... Meu nome é Raquel, e daqui para frente serei a sua fada madrinha. Está bem assim?

— Raquel... minha fada madrinha — repetiu a frase, mas no íntimo pensou "Ou poderá ser a bruxa malvada. Bem... Não tenho nada a perder; pelo que vejo, ela poderá me transformar num príncipe ou fazer de mim um sapo nojento. Vamos pensar positivo, ela vai me ajudar, e eu vou poder ajudar minha irmã. Essa mulher deve ter muito conhecimento, além de dinheiro".

— Dou mil beijos por esses pensamentos.

— Minha fada madrinha... Gostei.

Abraçou-a, e iniciaram um longo e ardente beijo, que acabou sobre um lençol branco com detalhes em seda dourada, que recebeu aqueles dois corpos, que contrastavam formando um conjunto harmonioso e misturado de peles, suores e sons desencontrados que ecoavam pelo ambiente. Aquele corpo negro bem torneado se agigantava, envolvia e penetrava a carne branca delicada, parecia dilacerá-la, e ela gemia de prazer e feria-lhe as costas com suas unhas, exigindo mais. Parecia querer que aquele macho negro lhe invadisse o ventre, entrando por inteiro. Sua feição se alterava, e ela urrava de prazer até desfalecer como uma fêmea saciada.

4

A BUSCA DA VERDADE E O JUIZ

I

Aquelas perguntas penetravam sua cabeça como punhaladas que iam rompendo seus tímpanos, dilacerando seu cérebro. Era uma dor aguda, penetrante, incontinente, parecia que estava prestes a enlouquecer. Tudo se turvava a sua frente, e o barulho dentro da caixa craniana continuava como se fossem badaladas. Alguém impiedosamente lhe batia com um martelo, e aquela pressão forte continuava o espremendo. O movimento das ruas... Se tivesse alguma coisa no estômago, por certo vomitaria, pois o gosto amargo de uma gosma quente subia até sua garganta, e ele se segurava. Aquela dor de cabeça que não passava nunca, tudo o estava deixando enojado. Ainda não estava se sentindo em condições de falar, gostaria de esquecer tudo aquilo, apagar os momentos difíceis por que passara, não queria relembrar o recente passado, certamente o faria sofrer muito mais do que já tinha sofrido até ali.

Tentou, mas não conseguia articular as palavras. Foi como se uma névoa espessa envolvesse seu cérebro, e isso embaralhava seus pensamentos; suas lembranças apagaram-se, esvaíram-se no meio da fumaça; sentia-se perdido; seus olhos, injetados de um líquido ardente, proibiam-no de ver melhor a figura das pessoas ao seu redor. Não eram as mesmas, eram como massas disformes. Ainda não estava livre, devia estar sonhando, devia ainda estar enfiado naquela cela tenebrosa, pois aquele cheiro ácido de urina podre que exalava da privada suja do fundo da cela impregnava suas narinas, e permanecia. Aquele cheiro horrível embrulhava seu estômago, não conseguia comer, mas sentia fome, estava fraco, debilitado, aparentava que desmaiaria.

Dr.ª Renata virou-se para trás, dentro do carro, e percebeu que o garoto não estava bem. Alexander preferia que aquelas lembranças simplesmente desaparecessem. A figura doce e meiga da querida Melissa confundia-se com a grotesca feição do desajeitado Ernesto, autoritário, arrogante, exigente, que queria tê-lo como uma mercadoria qualquer, enquanto Melissa era um sonho bom; na realidade, um anjo que apareceu em sua vida. Ela seria a única capaz de mudar seu destino.

A figura de Melissa, por alguns segundos, dançou em suas lembranças, foi como um bálsamo suave e inebriante. Por um momento, sua dor de cabeça, seu mal-estar, serenou-se. "Melissa, como você me faz falta", pensou ele. Era pena que fosse ambiciosa, não quis ir embora com ele enquanto ainda era tempo — não iria nunca sem antes vingar-se.

Renata notou a palidez do rosto de Alexander, que suava copiosamente. Percebeu de imediato que o jovem não estava muito bem.

— Respire fundo, rapaz, anime-se. Parece estar viajando... Não vá vomitar dentro do carro... Ele parece não estar se sentindo bem — disse, voltando-se para o advogado.

— Alex... É muito importante que nos diga tudo o que se passou e como se passou. Sabemos que foram momentos difíceis e que gostaria de esquecer. Relembrar os momentos ruins da vida é muito desagradável, sabemos que não é fácil — disse-lhe o advogado. — Só poderemos ajudá-lo, se nos ajudar a elucidar esse mistério. Estamos dispostos, queremos resolver essa trama diabólica que o está atormentando e nos intriga, mas, sem conhecermos a história desde o início, não poderemos juntar os pontos finais, nem chegaremos a lugar nenhum. Quer ir para sua casa, e continuamos amanhã? Parece não estar em boas condições, está passando mal... Quer parar no hospital, ser examinado por um médico?

— Não! Não precisa... Estou melhorando. Queria deitar-me um pouco, descansar, dormir para sempre, ou acordar em outro lugar, longe deste mundo, deste sonho ruim. Este mundo fede urina, dejetos, está tudo podre, deteriorando-se. Não queria acordar mais aqui, preciso ir-me embora...

Foram palavras ditas aleatoriamente, sem muito sentido. Ele só não queria ir para casa nem para um quarto de hospital, disso parecia ter certeza.

— Pobrezinho! Sofreu bastante nestes últimos dias. — Heloísa envolveu-o num abraço carinhoso, puxando-o carinhosamente para perto de seu corpo e afagando suavemente seus cabelos negros lisos, como uma mãe que Alexander nunca teve a oportunidade de ter.

Ele respirava ofegante, num misto de soluços e suspiros, e manteve-se quieto, absorvendo aquele carinho que o acalmava. As coisas foram se serenando, enquanto a dor de cabeça se esvaía aos poucos. Os remédios estavam começando a fazer efeito.

— Vamos levá-lo para casa, Renata? — perguntou de repente a jovem Heloísa, num tom condolente.

— Não! — respondeu por ela o advogado. — Vamos levá-lo para casa de minha mãe, ela cuidará dele. A experiência que já possui de enfermagem poderá ser muito mais útil, e ela poderá ajudá-lo espiritualmente, encontrará os métodos ideais para fazer com que ele se restabeleça.

— É... Continuamos no mesmo ponto de onde iniciamos, ou seja, sem saber absolutamente nada, e nem sabemos se esse garoto terá condições de nos ajudar — falou Heloísa, desconsolada.

— Não se preocupe, eu sei por onde começar, e quem poderá dar o impulso necessário, a luz que iluminará nosso caminho na busca de esclarecer esse obscuro caso.

— Sabe? Quem seria esse anjo anunciador, esse paladino da justiça que descerá dos céus e nos esclarecerá toda a trama invisível e nossas dúvidas?

— Minha mãe...

— Sua mãe?

— Sim... Vamos levar Alexander para a casa dela, e pediremos que nos conte o que sabe, ou do que precisamos saber. Mataremos dois coelhos com uma única cajadada. Bom esse ditado, não acha?

— E o que dirá para os pais dele? Que o sequestramos para arrancar-lhe informações?

— Quando chegarmos à casa da minha mãe, avisarei à Vitória que ele não estava passando muito bem e que se negou a ir para a casa dela. Farei um pequeno teatro, e ela entenderá. Ela adora representar, e vamos nos utilizar da mesma estratégia. Às vezes penso que Vitória é como uma escultura, uma beleza exterior fabulosa, mas de interior completamente vazio, que só expressa o grande valor visual, mas sem conteúdo.

— Sua mãe tem muita confiança na sorte deixando tudo aberto assim. Deve se sentir muito protegida — comentou a Dr.ª Renata assim que Geraldo abriu a porta da casa da mãe sem usar as chaves. Nem sequer teve trabalho de bater à porta para se anunciar.

— É que ela já estava nos esperando.

— Você já havia combinado com ela que viríamos para cá?

— Não, mas ela sempre sabe... Não me pergunte como, mas ela sempre sabe que estou chegando.

— Os seus fluídos são muito fortes, e anunciam à distância que viriam para minha casa — irrompeu uma voz tranquila, que se aproximava a passos lentos, medidos.

O interior da casa cheirava a jasmim, e por vezes, como se adentrasse a estufa de uma floricultura, se sentia um aroma de mistura de flores silvestres, que só destoava um pouco do cheiro forte de incenso, que dava ainda um sentido mais místico àquele ambiente singelo, que apresentava uma forte impressão do interior de um antigo templo oriental. Emanava uma calma espiritual que os três visitantes jamais tinham sentido. Passaram a emitir as palavras de forma articulada, comedida, num tom de oração, como se tivessem entrado em um oráculo.

Geraldo sorriu um pouco mais debochado.

— Gente! Animem-se! Esta é a casa de minha mãe. Ela não é nenhuma feiticeira, e isto aqui não é uma igreja. Relaxem.

Nesse instante ela o interpelou.

— Já preparei um quarto para o jovem. — E abraçou Alex com meiguice, levando-o, com o carinho de uma avó, para um quarto bastante acolhedor. — Venha, meu filho, agora você vai descansar um pouco; vou preparar um lanche e um chá tranquilizador, que o fará dormir e acordar mais leve. Venha comigo.

— Espere aí, Geraldo... Você já tinha preparado tudo, já lhe havia avisado que o traríamos para cá? — perguntou, curiosa, a jornalista Heloísa. — Vejo que sua mãe já nos esperava.

— Nem eu sabia que viria para cá, mas nunca precisei dizer nada à minha mãe. Ela adivinha tudo... Alguém ou alguma coisa deve avisá-la.

— É bem provável, pois ela colocou a mesa para mais três pessoas. Se você não lhe avisou que vínhamos, por certo a avisaram. Ela estava nos esperando, com certeza!

Alex era naquele momento uma criatura fragilizada e deixou-se conduzir pela bondosa senhora. Procurou por ora afastar todos os pensamentos ruins da memória, estava mais leve, a pressão na cabeça diminuíra, a dor havia passado. Ficou a vontade de deitar-se numa cama macia e dormir, precisava dormir bastante; seus braços pesavam uma tonelada, andava quase se arrastando, como se fosse um velho abatido por doença óssea que tivesse de ser amparado para poder se movimentar. Mas agora descansaria, dormiria e acordaria renovado, e tudo aquilo não teria passado de um sonho ruim, um pesadelo, acordaria com Melissa ao seu lado, rindo, abraçando-o e beijando-o com alegria, voltaria a sentir aquele corpo moreno pleno de vitalidade saltando sobre o seu e como sempre dizendo "Acorda, seu preguiçoso, é hora de amar".

II

Os três deram um salto ao mesmo tempo, como se estivessem sincronizados por uma força invisível. Seus olhos ficaram fixos na porta que separava os dois ambientes, uma brisa morna entrou pela janela lateral da sala, balançou as cortinas e trouxe consigo o som bucólico de uma música distante. Tudo se calou em volta, como se transportado para um lugar muito distante. Num mundo calmo, sem barulho, o olhar dos três permanecia fixo naquela figura branda que lhes sorria à entrada da porta. Seus dentes brancos como marfins realçavam os lábios rubros; parecia que iluminavam, confundindo-se com os raios solares que se estendiam até quase o centro da sala.

Joana foi quem quebrou o silêncio.

— Parece que viram um fantasma. Estão assustados?

Os três olharam-se interrogativamente, como que buscando uma explicação.

— Realmente estamos assustados, senhora! Se não sabia que viríamos, como foi que encontramos tudo arrumado, como se estivesse nos esperando? Como pode a senhora ser detentora de tantas informações, se nem nós tínhamos ideia de vir para cá?

Dona Joana, a negra bondosa com ares de beata, respondeu com segurança, antecipando mais perguntas:

— Calma, filha... Vou explicar a vocês. A história é um tanto longa, mas antes vocês precisam saber algumas coisas que não dizem respeito ao fato que os envolve, porém que tem tudo a ver com as pessoas envolvidas.

Fez-se um longo silêncio, como se estivesse meditando ou buscando no fundo da memória velhas e tristes recordações. Sua fisionomia pareceu a todos ter sofrido uma leve transformação; abrandou-se. Ela fez uma prece silenciosa ou simplesmente falou com o invisível, esfregou as mãos, ergueu os olhos, mirou o infinito pelo vão da janela e continuou, num tom metódico modulado:

— Sentem-se, filhos. Devem saber que os seres superiores que nos regem o destino procuram sempre juntar as pessoas que, em outras vidas, tiveram litígios para que possam se reconciliar e se reajustar na busca da evolução de suas respectivas almas. Caso essas almas retornem esparsas, distantes entre si, eles determinam uma pessoa para a missão de aproximar e encaminhar esses espíritos conturbados, na difícil tarefa de se reajustarem, e num primeiro momento eu sinto que falhei nessa missão, e agora tenho de consertar... Mas, como não tenho possibilidades de fazê-lo sozinha, os orixás maiores mandaram vocês para completarem essa missão. Vocês estão mais bem preparados para enfrentá-los. Eles vieram humildes a ambientes favoráveis para uma boa reconciliação, mas desvirtuaram-se. São seres inteligentes e capazes, porém trazem sérios distúrbios de vidas anteriores, que facilmente afloram e os desviam de seus objetivos. Portanto terão de ter muito cuidado daqui para frente: depois de se afastarem das sendas do bem, essas pessoas são capazes de tudo para atingir seus escusos objetivos. Vocês não se enredaram nessa trilha por acaso, vocês foram escolhidos para corrigir os erros e punir essas almas desgarradas.

— A senhora está me assustando! — disse Heloísa, após um tremor repentino que sacudiu seu corpo, deixando-a toda arrepiada.

As duas jovens tiveram um tipo de formação religiosa que não admitia esse envolvimento com espíritos que reencarnam, que retornam, que necessitam de reconciliação. Toda aquela conversa poderia não ser nova, mas para as duas era o primeiro contato e encontrariam sim alguma dificuldade para acreditar.

— Até agora estão sem entender nada, não é mesmo? Só sabem que se envolveram num problema que parecia ser muito simples, tão comum nos dias de hoje, um crime na sociedade, um julgamento badalado, uma sentença, e cada qual seguiria seu rumo. Mas creiam, filhos, nada é por acaso, não restam dúvidas que existem muitos interesses em jogo, e cada um de vocês tirará o melhor proveito disso. Vocês usarão seu livre-arbítrio como melhor entenderem, mas, para que possam agir, devem tomar conhecimento da história toda desde o início...

— Voltei a ver Helena, a mãe do juiz morto, depois de muito tempo. Estava naquele dia fazendo plantão no Hospital Psiquiátrico da Vila Mariana, quando, ao passar pela sala de espera, lá estava aquela figura, que não me era desconhecida, sentada no banco de madeira, cabisbaixa, abatida, aparentando uma tristeza tão profunda que fez aproximar-me dela. Sentei-me ao seu lado, envolvi-a com um abraço, levantei suavemente seu rosto, pressionando seu queixo para cima, e disse a ela: "Quanta tristeza, minha filha. Isso faz mal para você e a quem veio visitar. Anime-se um pouco".

— Ela olhou-me firme, pareceu ter me reconhecido, abraçou-me forte, chorou copiosamente, e ficamos ali juntas por alguns momentos sem dizer nada, só esperei que desabafasse. Sem nem mesmo que eu perguntasse, contou-me toda sua desventura, e foi aí que fiquei sabendo que o militar ali internado era seu marido, que conseguira que fosse internado como louco, mais pelo intuito de poder se afastar dele, mas também para poder vir embora para São Paulo e livrar seu filho da acusação de tê-lo agredido, nocauteando-o a ponto de deixá-lo em coma por vários dias.

— Após ouvir sua história comovente, fiz com que buscasse seu filho, que a aguardava do lado de fora do hospital, e encaminhei-os ao jardim do manicômio. Até aquele momento, não havia conseguido tirar uma palavra sequer daquele jovem inibido, arredio, um moço bastante bonito, mas de olhar inquieto. Tinha a mesma aparência da mãe, seus olhos guardavam algo de muito estranho. Não consegui entendê-lo a princípio. Caminhamos nós três até o pátio externo, e lá se encontrava ele: só, embaixo de uma grande árvore. Helena até se sobressaltou ao ver a figura abatida e doentia do marido. Não era nem a sombra do homem que conhecera e com quem se casara. Aproximou-se um pouco mais, o filho permaneceu mais distante, demonstrando deliberadamente que não possuía pelo pai a mínima afeição, talvez até o repudiasse.

— "Já estava esperando por vocês", disse Jarbas, num tom lacônico, inexpressivo. "Viemos nos despedir. Quero me separar de você, já falei com o advogado, ele vai procurá-lo para que assine o divórcio. Não poderemos mais continuar juntos".

— "Não será necessário", respondeu, no mesmo tom. Dizendo isso, subiu em um banco de madeira que trouxera consigo, atirou por sobre um galho da árvore uma corda que tecera pacientemente com as tiras que cortara dos lençóis, laçou o galho, envolveu a corda improvisada em torno do pescoço e chutou o banco de madeira. Foi possível ouvir o baque seco e o barulho dos ossos estralando.

— Fiquei petrificada, não consegui forças para correr em auxílio daquele homem. Foi como se uma força estranha nos imobilizasse. Helena levou as duas mãos sobre o rosto, voltou-se para mim, abraçou-me, como pedindo socorro. Só pude afagar-lhe os cabelos e dizer-lhe "É esse o destino que ele escolheu, agora terá de prestar contas em outra esfera".

— O jovem Ernesto permanecia imóvel, silencioso, intacto como uma escultura, sem mexer um músculo nem verter uma lágrima, como se nada... Foi o único que não se abalara com a cena tétrica, permaneceu impassível, enquanto o corpo sem vida do pai balançava, pendurado à sombra da frondosa árvore, com os olhos esbugalhados, saltados para fora, e a língua arroxeada ficava à mostra, prensada entre os dentes. Olhei o jovem preocupada, pensando que talvez pudesse passar mal vendo aquela cena macabra, mas o que pude ver era uma pessoa fria, isenta de qualquer sentimento de carinho ou amor. Permaneceu ausente, inexpressível, inabalável, como se tudo não passasse de um espetáculo comum, algo que se via a todo momento. Mostrando ali naquele momento todo desprezo que sentia pelo pai, permaneceu mais alguns segundos parado, olhando aquele espetáculo insólito. Quando os enfermeiros correram em direção ao enforcado, ele simplesmente virou-se sobre os calcanhares e afastou-se como se nada de importante tivesse acontecido.

III

— Fato mais estarrecedor ocorreu pouco tempo antes, quando ainda trabalhava na Santa Casa de Misericórdia. Estava na enfermaria quando chegou aquele espectro de mulher, bastante debilitada, com hematomas por todo corpo, visivelmente abatida por maus-tratos e agressões; parecia ter sido torturada impiedosamente. Acomodei-a no leito para dar início ao tratamento ambulatorial. Quando ela abriu os olhos, fitou-me fixamente; num esforço quase sobre-humano, ergueu uma das mãos, segurou firme meu braço, forçou para que me aproximasse de seus lábios e balbuciou algumas palavras que não conseguira entender a princípio. Achei que estivesse delirando. Afaguei sua mão e disse a ela: "Calma, filha, vamos cuidar de você, não se esforce". Mas ela, em mais um esforço, tentou falar-me alguma coisa. Entendi que dissera meu nome e a palavra "filho", encostei meus ouvidos perto de seus lábios e pude entender o que queria dizer-me: era Clara, a mulher que um dia dera à luz uma criança naquele mesmo ambulatório, e que havíamos feito com que fosse adotada por uma voluntária.

— "Pobrezinha, o que houve com você, minha filha? Parece que foi atropelada por um caminhão".

— "Filho...!", respondeu ela, com muito esforço, "filho".

— "Seu filho? Fizemos um acordo, lembra-se? Seu filho está em boas mãos, não poderá mais vê-lo".

— Ela balançou a cabeça negativamente, algumas lágrimas desceram pelo rosto todo desfigurado pelos maus-tratos. "Meu filho...", insistiu ela, "meu filho". E desfaleceu, sem poder continuar.

— Ainda tinha em minha bolsa o telefone de dona Julia, a antiga voluntária a quem ajudei a adotar a criança que aquela moribunda dera à luz um dia. Liguei para ela imediatamente, coloquei-a a par do que estava acontecendo. Assim que lhe disse quem era e do que se tratava, pareceu-me que o telefone ficou mudo por um longo período... Só conseguia ouvir a respiração ofegante do outro lado da linha.

— Por fim resolvi insistir: "Dona Julia, está se sentindo bem?"

— "Sim, claro... Desculpe, irei até aí vê-la, sairei imediatamente; por favor, aguarde-me".

— "Estarei esperando", respondi, e desliguei, ainda muito intrigada, voltando para junto de Clara.

— Dona Julia chegou ao hospital, depois de algum tempo, com uma expressão cansada, profundas olheiras, como se não tivera noites de sono suficientemente refazedoras. Explicou que o marido não se apresentava bem de saúde, e provavelmente não vinha dormindo bem já há algum tempo. Encontramo-nos defronte à Santa Casa, encaminhamo-nos até uma mureta que protegia as raízes de uma árvore, sentamo-nos. À sombra dos galhos acolhedores, ela respirou profundamente, segurando minhas mãos entre as dela. Ficou olhando-me sem dizer nada, como que procurando palavras ou uma maneira de iniciar a conversa.

— Mais uma vez, eu tomei a iniciativa: "Parece-me um pouco cansada, dona Julia. Está com algum problema? Posso saber?"

— "Sim, minha boa amiga, vai saber. Realmente ando muito preocupada, tenho tido pressentimentos nada agradáveis. Aliás, eu precisava desabafar. São coisas que receio falar com meu marido, ele já não está muito bem de saúde; e se eu falar com ele sobre isto, o quadro poderá se agravar".

— "Pois diga logo, mulher... Fico ansiosa. O que está acontecendo?"

— "Antes me diga, amiga: e Clara, como está?"

— "Não resistiu aos ferimentos e, alguns minutos antes de a senhora chegar, ela faleceu. Falei com o enfermeiro da ambulância que a trouxe e disse-me que parece ter havido uma briga no barraco onde vivia com seu companheiro, que foi encontrado morto com uma fratura no crânio; e ela, estendida no chão toda machucada, como se tivesse levado uma tremenda surra. Estava desmaiada. A pessoa que fez isso certamente achou que estavam ambos mortos. Antes de morrer, ela conseguiu reconhecer-me e disse-me, chorando: 'Meu filho, foi meu filho'. Não sei o que pensar, se queria ver o filho ou se foi o filho que os agrediu".

— Dona Julia soluçou forte, empalideceu ainda mais, pensei que fosse desmaiar. Segurei-a pelos ombros, ela respirou profundamente e, num longo soluço, disse-me com bastante esforço: "Quando adotamos o menino, você nos disse para nos afastarmos de Clara, esquecer aquele dia, não procurar nenhum envolvimento com ela ou com quem a conhecesse. E nós não quisemos ouvi-la. Meu marido deixou-nos em minha casa e levou-a para seu barraco, deu a ela algum dinheiro para sua manutenção e o companheiro da infeliz mulher esperava em frente ao barraco, viu quando meu marido deu a ela o dinheiro. Não sei como descobriu nossa casa, mas, em outras ocasiões, ele apareceu de surpresa e extorquiu-nos. Na última vez que apareceu, meu marido não se encontrava bem de saúde, eu disse a ele que no momento não poderia ajudá-lo, e ele ameaçou contar ao rapaz toda história, que ele não era nosso filho, e sim filho dele, e que nós o tínhamos enganado. Infelizmente, Helder estava em casa e conseguiu ouvir toda a conversa. Mais tarde, pressionou-me a contar toda verdade, queria saber se realmente era filho daquele farrapo que esteve em casa fazendo chantagem. Fui obrigada a contar a ele toda história, senti uma transformação brutal em seu comportamento, não se conformava com a ideia. Tentei consolá-lo, mas foi difícil. Ele sempre foi muito genioso, introvertido... Obrigou-me a dizer onde moravam; tentei demovê-lo da ideia de ir vê-los, mas acho que acabou descobrindo sozinho e receio que tenha sido ele a causa dessas duas terríveis agressões".

— "E o que pretende fazer?", perguntei a ela.

— "Não sei... Sinceramente, não sei. Penso que não vou fazer nada, e, por favor, minha amiga, não conte essa história para ninguém. Ele é um bom menino, inteligente, estudioso, está fazendo faculdade, e nós não temos certeza de nada, foi só um pressentimento. Prometa-me, Joana, que não contará à polícia ou a qualquer outra pessoa essa história".

— "Prometo, minha amiga, eu prometo. Mas tenha cuidado: quem é capaz de fazer isso pode fazer muito mais coisas".

— Essa foi a última vez que a vi, e eu não deveria ter prometido calar-me, errei ao fazê-lo, pois meus guias espirituais disseram-me que as duas mães, no intuito de proteger seus filhos, omitiram que eles eram pessoas com sérios distúrbios psicológicos, que, se tratados a tempo, poderiam ter sido curados, mas, por medo ou desconhecimento, esconderam o fato, e isto agrava nossa culpa. E nosso remorso.

Renata ergueu os olhos com surpresa.

— Mas... Dona Joana! Eu trabalho ao lado desses dois homens há tanto tempo e nunca havia percebido nada, nenhuma alteração! Nem no comportamento, nem na conduta. Os dois sempre extremamente discretos, introvertidos, só via neles muita arrogância, mas isso é normal nesse meio.

— São problemas difíceis de detectar. As duas mães sabiam perfeitamente que tinham dupla personalidade, porém os períodos lúcidos eram bastante longos, principalmente no jovem Helder, cujo problema só vi agravado quando muito contrariado... Aí se tornava frio, agressivo e capaz de qualquer coisa, até mesmo de tirar a vida dos semelhantes, com requintes de crueldade, mas com muita inteligência. Mudava a conduta, desvirtuava seu caráter, porém sem perder a sutileza. É capaz de arquitetar muito bem um delito grave sem deixar vestígios, é um sujeito extremamente calculista. Já Ernesto, filho de Helena, era em determinados momentos um homossexual sádico, assumido; em outros períodos, lúcido, viril, um homem que se afigurava como honrado, sem comprometimentos, mas ganancioso, capaz de qualquer malefício em busca de seus objetivos. E, por uma enorme ironia do destino, os dois vieram a se encontrar, tiveram seus caminhos cruzados, na universidade e depois no campo de trabalho. Ernesto chegou ao cargo de juiz, e Helder veio a ser o promotor na mesma vara forense, colocando-os lado a lado.

— Sim... Até aqui tudo bem, é uma história comovente, trágica. Mas continuamos sem ação, ponderou o Dr. Geraldo, não temos provas do ocorrido, não podemos fazer nada.

— É verdade — respondeu pacientemente sua mãe. — É verdade, só que o mais importante e intrigante ainda está por vir. Tenham um pouco de paciência, e chegaremos até onde poderá ser bastante útil... Helder apaixonou-se perdidamente por uma garota da universidade, era a mais bela e estonteante garota da turma e também filha de uma das famílias mais ricas e tradicionais da sociedade paulistana...

Imediatamente veio ao pensamento de todos à mesma figura, a bela e arrogante Vitória...

— Ele conseguiu aproximar-se da moça, tiveram alguns encontros, mas, quando tentou conquistá-la declarando seu amor, teve a maior decepção de sua vida. Foi o segundo grande revés, talvez maior do que quando soube que era filho adotivo. Sua cabeça pareceu um campo de batalha, explodiram bombas por toda extensão do cérebro; seus olhos flamejaram, enquanto ela simplesmente o olhou de cima abaixo, soltou uma sonora gargalhada de puro desdém, e respondeu-lhe de forma ofensiva: "Entenda bem, rapaz, se fosse só por um ou outro programa, tudo bem... Até que você se encaixa, porém, fora disso, esqueça! Enxergue-se, cara, você é pobre, não tem onde cair morto. Compare meu nível social com o seu. Acha que vou passar privações?"

— Virou as costas e deixou-o só; após alguns passos, voltou-se e disse: "Não se esqueça: quando voltar, volte rico, mas muito rico, senão nem vê-lo vou querer mais".

— O mundo pareceu desabar sobre seus ombros, aquele tinido forte penetrava seus tímpanos como se alguém martelasse uma bigorna, incessantemente, e o barulho atravessava sua cabeça de lado a lado. Ele comprimiu a fronte com as mãos buscando alívio, mil ideias jorraram ao mesmo tempo inundando seus pensamentos desencontrados. Voltou para seu carro, chutou violentamente a lataria, totalmente descontrolado, até que caiu de joelhos, recostou sua testa sobre os braços cruzados, apoiados no para-lama, agora todo amassado, e chorou por alguns minutos, humilhado, ferido em seus mais profundos sentimentos. Pensou até em matá-la, mas ele a amava muito para chegar a isso, teria de arrumar dinheiro, ficar rico, e seria isso que alcançaria: ficar muito rico. Esse seria seu único objetivo, ficar rico. Mas como consegui-lo? Seus pais mal tinham dinheiro para se manter e mantê-lo na universidade. Nesse momento de insanidade, maldisse sua origem; se pudesse, voltaria àquele barraco imundo e faria tudo outra vez, mataria mil vezes aqueles miseráveis que o puseram no mundo, todos eram culpados de seu infortúnio. Um dia faria com que pagassem por isso um por um.

— Nesse transe diabólico, começou a arquitetar um plano macabro... Já tinha lido sobre isto... Ouvira seus pais conversando com sobre a doença do pai, então estudaria um meio de precipitar sua ida para o outro lado, mas antes faria um seguro bastante saudável que ajudaria a iniciar de forma tranquila sua caminhada em direção à tão sonhada riqueza. Não perdeu tempo, estudou detalhadamente a doença do pai, interessou-se por detalhes, passou a cuidar mais de perto dele, demonstrando grande afetuosidade, deixando a todos com muita esperança de que tivesse se transformado numa pessoa mais afável, mais devotada à família... Certamente se tornara mais consciente, no entender dos pais. Percebera que seus pais o amavam e faziam de tudo para sua felicidade, jamais imaginaram que tudo aquilo não passava de uma maquinação maquiavélica.

— Induziu o pai a fazer um seguro de vida, mas não soube do valor da apólice. Descobriu que, se conseguisse aplicar uma injeção de insulina no velho, certamente ele morreria sem que recaísse sobre si nenhuma suspeita. Como já estava debilitado, poderia a qualquer momento sofrer uma parada cardíaca ou respiratória, o que seria bastante comum. Já havia preparado tudo, comprara até o frasco de insulina, a seringa, e deixou tudo muito bem guardado, longe de olhos alheios.

— Até que surgiu a grande chance... Não poderia perder aquela oportunidade. Sua mãe saíra de casa por algum tempo, iria até a agência bancária receber sua aposentadoria, e, como Helder estava para chegar, não hesitou em deixar o marido só, por apenas alguns minutos, o que realmente aconteceu. Ele chegou, leu o bilhete que a mãe tinha deixado comunicando a ele que estaria no banco e, se ela demorasse, que ele ministrasse o medicamento ao pai. Leu atenciosamente o recado, recolocou-o da mesma forma que se encontrava, preparou a injeção com a droga letal, entrou no quarto do pai, que ainda se encontrava levemente sedado com os medicamentos que tomava para poder dormir, e, com toda calma e frieza de um assassino profissional, sem a menor compaixão, aplicou todo o conteúdo que continha no frasco olhando fixamente o rosto do bondoso velho que um dia o pegou no colo e o acolheu como seu verdadeiro filho, que tudo fizera para que Helder tivesse uma vida digna. Mas nada disso o demoveria de seu intento, a morte do velho era somente o primeiro passo para conseguir dinheiro e desse início à busca incessante de riquezas maiores.

— "Sinto muito, pai, mas só a sua morte vai me trazer uma vida melhor. Creio que não ficará aborrecido de ajudar seu filho a conquistar seu espaço no mundo e conseguir o amor da mulher amada".

— O pobre homem tentou falar alguma coisa, arregalou os olhos como que implorando piedade, balbuciou algumas palavras sem sentido, abriu a boca como se fosse gritar por socorro, mas foi um grito surdo, que já não tinha como ser ouvido, seus braços pesaram e foram caindo suavemente, deslizando pela lateral da cama. Helder sorriu com malevolência, juntou os braços do velho pai, acomodou-os debaixo do lençol, passou a mão sobre o rosto do pobre homem, cerrando-lhe os olhos, e disse, sem o menor escrúpulo: "Agora está tudo bem, velho, já não sofrerá mais". E Helder emitiu um novo sorriso irônico, saindo de casa sem que fosse visto.

— Já não vou mais ter coragem de voltar ao gabinete desse maníaco, sádico, assassino! — falou Renata, toda arrepiada. — Pedirei transferência imediatamente.

— Não ficou só nisso, não. Passado algum tempo, esse psicopata procurou novamente Vitória, aproximou-se sorridente, como se nada tivesse acontecido.

— "Tenho algo para você. Podemos conversar?"

— "Claro... O que tem para mim?"

— A curiosidade suplantou a razão, não tinha nenhum interesse naquele indivíduo, mas a vaidade falou mais alto. Helder retirou do bolso do paletó um pequeno invólucro muito bem embrulhado e entregou-o a ela esperançoso, com a feição demonstrando um misto de receio e curiosidades. Expressou um sorriso pálido enquanto aguardava que ela desembrulhasse a pequena e preciosa surpresa. Vitória, distraidamente, enquanto se exercitava no trabalho de desenrolar o presente, olhou para o lado, perguntando em seguida, talvez querendo quebrar a tensão:

— "Trocou de carro?"

— "Gostou? É um Diplomata, último modelo, completo".

— "É, estou vendo", respondeu e terminou o trabalho ao mesmo tempo, abriu a caixa aveludada na cor azul-marinho, deixando-o ainda mais ansioso.

— Ele, que esperava encontrar do rosto dela uma expressão de fascínio, gratidão ou alegria, foi ficando angustiado, decepcionado. ela simplesmente o olhou sem o menor entusiasmo, não mudou sequer a expressão facial, não esboçou nenhum tipo de alegria, como se aquilo fosse uma bijuteria qualquer, sem nenhum valor. Baixou a tampa da pequena caixa...

— "É para mim?"

— "Claro...! Não gostou?"

— "É... bonito", respondeu, virando-se sobre os calcanhares. E pôs-se a afastar-se sem agradecer ou sem nenhum movimento de alegria ou satisfação pelo caro presente, uma joia que custara a Helder uma fortuna. Jogara naquele colar de esmeraldas boa parte do seguro que recebera pelo sacrifício de seu pai, e ela se manteve indiferente, como se aquilo de nada valesse.

— Helder permaneceu por alguns segundos estático, apalermado, sem saber o que fazer, ficou completamente sem ação, até que o sangue lhe subiu a cabeça, voltou a sentir aquelas dores horríveis novamente, seu coração pulsou acelerado. Correu atrás dela, puxou-a pelo ombro, colocou tanta força que quase a derrubou. Seus olhos estão injetados de sangue, parecia um animal raivoso. Pegou-a pelo pescoço, chacoalhou-a violentamente.

— "Não pode fazer isso comigo, sua vaca vadia! Não imagina do que fui capaz por sua causa, para conseguir isso, para querer agradá-la... Você não pode!"

— "Claro que posso..." E, num esforço terrível, sem saber onde buscara forças, conseguiu se livrar dele empurrando-o para trás, procurando se defender. "Pouco me importa o que tenha feito ou deixado de fazer... Tome! Leve esta porcaria de volta, e vê se desaparece. Quero que saiba vou me casar dentro de alguns dias, não quero mais ver essa cara de idiota na minha frente nunca mais".

— Aquilo foi como se tivesse levado um soco fortíssimo, quase que o nocauteia. Helder afastou-se trôpego, encostou-se no poste de luz, permaneceu com a boca entreaberta, pasmo, incrédulo, enquanto ela se afastou esfregando o pescoço, que por certo estava ardendo ou ferido pelo movimento brusco daquele ser ferido, humilhado, traído em seus sentimentos. Permaneceu por longo tempo ali recostado, lentamente foi recobrando a cor, a consciência, o raciocínio, e pensou: "Preciso me vingar". Olhou a caixa com o presente que comprara com tanto entusiasmo pensando em agradá-la, recolocou-o no bolso e, como antes e inúmeras vezes na saída da escola, esperou-a ao lado do carro. Ela pagaria caro por toda aquela humilhação, ela não poderia jamais ter zombado de seu amor, agora teria que pagar por isso, ele se vingaria.

— Procurara anteriormente um amigo no departamento de Bioquímica, conseguira com ele um sedativo anestesiante instantâneo, e ficou de tocaia esperando calmamente, não tinha pressa, sabia que logo estaria ali, tinha de pegar seu carro para ir embora. Pouco antes do horário previsto, surge Vitória apressada (com poucos passos, chegou perto do veículo). No apavoramento, nem olhou para os lados, deveria ter algum compromisso. Chegou e já levou a chave no intuito de abrir a porta, quando sentiu uma picada na altura do pescoço, algo penetrante rompeu sua carne. Tentou virar-se, mas uma mão forte e segura firmou sua cabeça, tapou sua boca, e não houve meios de se livrar ou de gritar por socorro. Só levou aquele susto enorme e foi perdendo os sentidos, seu corpo foi pesando... Só não caiu porque ele a segurou firme e a acomodou sobre o banco do carro ao lado do motorista. Puxou o cinto de segurança, arrumou o vestido dela, sentou-se ao volante do carro e partiu rapidamente em direção à saída de São Paulo direção Santos pela Rodovia dos Imigrantes. Parou em um motel na beira da estrada, e ali ficaram o fim da tarde e parte da noite, até que ela começou a recobrar os sentidos.

— Ainda se sentia zonza, sua cabeça girava, sentia como se houvesse tomado uma dose maciça de álcool e estava de ressaca, gemeu languidamente, arrepiou-se toda, sentiu frio. Estava completamente nua. Abriu os olhos, estranhou, não sabia onde estava, tentou lembrar-se do que acontecera. Estava visivelmente machucada, seus peitos todos marcados por mordidas, sinais evidentes de dentes, manchas roxas de chupadas por todo o corpo. Suas partes íntimas estavam muito doloridas, como se tivesse sido penetrada com violência. Ouviu um barulho no banheiro, tentou chegar até lá e saber o que lhe acontecera. Sentiu uma ardência profunda na região anal, levou, até inconscientemente, a mão até o local, buscando alívio. Chorou e resmungou uma praga: "Desgraçado! O que fizeram comigo?" Chegou até o banheiro, lá estava ele... de pé, completamente nu, no centro do banheiro, penteando o cabelo todo sorridente, plenamente satisfeito.

— "Como é, gata? Gostou? Pelo menos na hora em que estava enfiando meu pau em você, você parecia estar gostando muito, gemia bastante, chegou a me unhar as costas".

— "Miserável! Vou matar você", gritou Vitória, e tentou alcançá-lo arremessando-se sobre ele, mas ele se desviou e ela perdeu o equilíbrio, indo ao chão e tendo de apoiar-se sobre os braços para não se estatelar sobre o piso molhado.

— Ele riu a gargalhadas. "Pensei em matá-la para pagar por toda a humilhação que me fez passar, mas não, vai ficar viva e sabendo que a possuí de todas as formas, na frente, atrás, na boca".

— Quando ele disse isso, ela quase vomitou, sentiu muito nojo, regurgitou. Levantou-se correndo e foi para debaixo do chuveiro. "Vou arrumar um jeito de mandá-lo para a cadeia, seu filho da puta, indecente, canalha! Vai pagar muito caro por isso", dizia ela, enquanto esfregava o corpo querendo limpar-se daquele contato nojento, asqueroso que sentia. Gemia de dor e de ódio, até que se sentou no chão sob o chuveiro e chorou copiosamente, soluçando alto.

— "Não... não vai conseguir me mandar para lugar nenhum. Conheço-a muito bem, não vai querer que seu nome saia nas revistas da moda nas partes policiais dos grandes jornais com manchetes que possam denegrir sua imagem, e todos sabem que você é uma galinha de luxo. Vai ser minha palavra contra a sua. Aliás, até gostaria que fizesse isso, todos saberiam que devassei seu corpo, só não sei como vai provar que a trouxe à força... Muita gente já nos viu juntos em muitos lugares. Tente!"

— "Desgraçado! Um dia você há de me pagar por isso, e muito caro".

— Ao ouvir aquilo, Helder deu uma sonora gargalhada e disse "Conte ao seu noivinho, talvez ele goste de saber que abri o caminho para ele, que profanei suas doces intimidades. Estou indo embora. Seu carro vai ficar aí na garagem... Vejo você amanhã".

— Santo Deus! — exclamou, perplexa, a Dr.ª Renata. — Jamais poderia crer no que ouço, se não fosse a senhora quem nos estivesse contando tudo isso. Até onde irá tamanho sadismo? Mas qual será o motivo que culminou na morte da jovem Melissa e no envolvimento do Alexander? Quem poderá nos esclarecer?

— Acho que posso...

Todos se assustaram com as palavras vindas do corredor que levava aos quartos da casa. Dona Joana voltou-se lentamente e disse:

— Venha, meu filho. Descansou bastante? Faz tempo que está aí nos escutando?

— Descansei, sim, senhora. Não faz muito tempo que estou aí espreitando a conversa, mas foi suficiente para emendar com algumas coisas que Melissa me contou. Só que agora gostaria de comer algo antes de começar.

— Isso, vamos comer, depois continuamos.

IV

— Achei muito estranho quando aquela garota se aproximou de mim na academia sussurrando suavemente aos meus ouvidos, como que escondendo algo da pequena plateia... Ela chegou me dizendo algo de forma desagradável "Jeito estranho de ganhar a vida esse seu! Um garoto tão bonito!" E eu estava todo suado, cansado; olhei toda extensão do corpo sem entender, passei a toalha na testa e encarei-a — disse Alexander.

— "Por que diz isso? Como acha que ganho a vida? Aliás... boa tarde para você também". Estava de bom humor, e aquela escultura de ébano surgiu como uma fada, com uma voz sensual agradável; apareceu-me como uma brisa fresca numa tarde de verão. Fiquei olhando seu rostinho lindo por alguns segundos, sorrindo.

— "Desculpe... Acho que minha intervenção foi ruim".

— "Não esquente, não... Sou Alex, e você?"

— "Melissa... Tenho visto você algumas vezes na faculdade de Belas Artes. Faz o quê?"

— "Teatro... Estava parado com estudos, resolvi retornar este ano e pretendo mudar esse jeito estranho de ganhar a vida. E você, faz o quê?"

— "Artes Cênicas e Canto. Não sei até quando vou poder continuar com meus estudos, a barra está pesada, meu irmão estava bancando, mas anda meio sumido... Já estou preocupada porque faz algum tempo que não aparece. Falei com um amigo da faculdade, e ele me indicou uma agência de modelos. Fiz alguns testes e parece que fui bem; tenho a impressão de que vou ser chamada para fazer minha estreia na Fenit: vou desfilar para uma grife de moda íntima e praias. Quer ir me ver?"

— "Antes disso, poderíamos jantar juntos hoje. Que acha?"

— "Não é má ideia. Aonde vamos?"

— "Há um restaurante de comida chinesa no Shopping Center Norte. É uma delícia! Fica bom para você?"

— Foi tudo muito repentino, como uma chuva de verão que se forma de repente e inunda tudo. Não houve tempo de pensar ou entender o que estava acontecendo; quando menos esperávamos, já estávamos envolvidos, conversando animadamente como se já nos conhecêssemos há séculos. Ela me falou de seus planos, seus sonhos, enfim, de toda sua vida. Eu, no entanto, não tinha coragem de me abrir, afinal não tinha muitas coisas boas para contar. Se bem que parecia que estava por dentro de boa parte da minha história. Só que, naquelas poucas horas que estivemos juntos, com algum esforço consegui dizer a ela que gostaria muito de retomar minha vida, buscar outro meio de sobrevivência, pensava até em me mudar, criar raízes em novas paragens, tinha vontade de ir embora para Miami, pôr um fim naquela vida de prostituto. Ela se entusiasmou com a ideia, apresentou novas sugestões, e ficamos amigos.

— Naquela noite não fui para o apartamento em que estava morando, fui para o dela, um pequeno apartamento no bairro de Santana, próximo ao metrô. Contou-me que vieram morar ali, ela e o irmão, porque ficavam mais perto dos locais de estudos e do trabalho, e foi aí que fiquei sabendo que seu irmão era um apaixonado por informática, sabia tudo de computadores, mas, pelas dificuldades de arrumar emprego e ganhar dinheiro, acabara se envolvendo com uma mulher muito bonita e muito rica, que por sua vez tinha envolvimento com pessoas poderosas, com negócios escusos, em que rolava muito dinheiro, no entanto. Já há algum tempo não via o irmão, mas ele viajava muito em função desse envolvimento com essas pessoas, portanto não era de se estranhar a demora. O problema era, na verdade, pressentimento muito ruim: parecia que alguma coisa sobrenatural estava acontecendo, não saberia dizer que tipo de visão ou intuição martelava a sua cabeça... Só sabia que algo desagradável estava acontecendo ou já havia acontecido com seu irmão.

— Tentei consolá-la, o que nunca foi muito meu jeito, mas estava completamente por fora do que rolava com seu irmão. Só me restou pedir a ela que me contasse o que se passava. Assim, com bastante calma, só assim teria um motivo a mais para continuar ao lado dela por mais algum tempo. Ela soluçou baixinho, fiquei comovido, abracei-a com ternura. Nunca consigo me controlar quando alguém chora ao meu lado. Beijei-a carinhosamente... Nunca fui tímido, mas acho que estava esperando por uma oportunidade daquelas, para aproximar-me e envolvê-la em abraços e beijá-la. Já me sentia fortemente atraído por aquele rostinho lindo, aquele corpo magistral, aquela voz suave, terna, encantadora. Ainda não compreendia bem o porquê de aquela garota ter se acercado de mim, só sei que naquele momento me sentia o homem mais feliz do mundo.

— Ficamos tremendamente excitados, buscamos freneticamente uma ao outro com beijos ardentes, embalados por uma fúria de desejos... Fomos nos desfazendo de nossas roupas e, no meio da pequena sala, deitamo-nos e fizemos amor como se fosse nossa primeira vez, sem culpa e sem pecados, sem pensar nas consequências. Só nos desejamos e nos possuímos. Foi a grande noite de nossa vida. Trocamos juras e fizemos planos... Ficamos muito tempo largados sobre o tapete, trocando beijos rápidos, tocando com as pontas dos dedos lépidos as partes sensíveis de nosso corpo exposto. Nossas roupas jogadas cada peça por um lado, em total desvelo.

— Fui eu quem falou primeiro: "Precisamos tomar um banho e tirar esse cheiro de sexo impregnado em nosso corpo".

— "Só se for para sairmos daqui e irmos para a cama", disse-me ela, sem cerimônias, ansiando ainda por mais amor.

— "Preciso ir embora. Nós nos veremos amanhã..."

— "Por que não fica aqui? Assim nos veremos até amanhã! Queria ficar junto de você... Estou tão feliz!"

— "Digo o mesmo: estou feliz e realizado. Mas isso tudo me deixa muito receoso, isso nunca me aconteceu".

— "O que, por exemplo?"

— "Eu me apaixonar...! Acho que estou apaixonado, e isto me causa medo, não sei como enfrentar essa situação. Você está fazendo uma revolução dentro de minha alma, estou como um vulcão prestes a entrar em erupção, quando lhe contar o que eu faço para viver você vai me odiar, me achar um canalha".

— "Eu sei o que você faz ou o que vem fazendo, e vou ajudá-lo a sair dessa".

— "Como sabe? Nós nos conhecemos há algumas horas!"

— "Fique aqui comigo, e vou lhe contar tudo, mas vou contar bem devagar, assim a história demora para acabar e você demora para ir embora. Tudo bem?"

— Abracei-a novamente, beijei sua boca pequena, afastei suas pernas e não permiti que dissesse mais nada. Só pude ouvir seu gemido de prazer quando ela ergueu os joelhos para facilitar a penetração. Pegou meu pênis rígido com a ponta dos dedos, ajudando-o a achar rapidamente o caminho da felicidade, indo inteiro para dentro daquele corpo em alternados movimentos, com firmes estocadas na busca de mais prazeres e gozo.

— Perdemos a noção do tempo. Acordei com muita sede e dirigi-me ao banheiro. Sentia as carícias das gotas de água que corriam pelo meu corpo, quando ela se aproximou dizendo:

— "Você me largou sozinha... Por que não me chamou?"

— "Você estava dormindo tão gostoso que não tive coragem de mexer com você... Nem sei que horas são!"

— "Não importa", disse, e entrou debaixo do chuveiro, onde juntos nos lavamos e não tivemos forças para mais uma sessão de sexo. Estávamos extasiados.

— Melissa foi até a cozinha dizendo "Vou fazer um suco, que jeito que você gosta?"

— "Do jeito que me trouxer... Só queria ouvir a história que tem para me contar".

— E foi dessa forma que fiquei sabendo da história de seu irmão, e do envolvimento com o promotor e o juiz... Só não sabia, até aquele momento, que se tratava desses dois personagens. Ela não havia me contado até então, talvez por desconhecimento das atividades lícitas desses homens; só sabia das ilícitas; e, por estar seu irmão desaparecido havia vários dias, tomou a iniciativa de investigar de perto a vida dessas pessoas. Dessa forma chegou até mim, quando em certo dia seguiu os passos do juiz, descobriu onde eu estava morando e se surpreendeu mais ainda quando soube que estava estudando na mesma escola de artes. Provavelmente achou que eu estivesse envolvido com esse pessoal, mas logo chegou à conclusão de que eu de nada sabia. Na verdade, Melissa procurou-me no intuito de me usar para se aproximar do juiz Ernesto, e o que conseguiu foi que nos apaixonássemos perdidamente. Quando iniciou sua narrativa, pensei até que fosse uma fantasia, fruto de sua imaginação, mas ouvi atentamente toda a sua história. Ela começou assim:

— "A princípio, nada de estranho parecia estar acontecendo. Todo mundo tem um objetivo, um sonho, mas algumas vezes a vaidade, a ganância e a necessidade cegam o homem, distorcem-lhe o raciocínio na busca constante de conseguir a glória de maneira fácil, sem muito esforço. Assim, naquele dia, Guto chegara em casa todo feliz, cantarolante, chamando-me ao quarto:

'Melissa! Chegue aí! Conheci uma mulher maravilhosa, rica, bonita, influente, tem uma casa linda, carrões... E quer que eu fique morando com ela! Gamou geral. Está louca pelo negrão aqui, e prometeu nos ajudar: vai custear o meu curso de informática e me ajudar a pagar sua escola de arte'.

'Xi, mano... Quando a esmola é demais, o santo desconfia'.

'Não! A dona está gamada mesmo, e é nossa grande oportunidade. Fique fria, esta semana mesmo vamos providenciar sua matrícula na Escola de Belas Artes'.

Nós nos encontrávamos quase todos os dias. As coisas iam muito bem, até o dia em que passou pela faculdade para me apanhar e parecia estar tenso, preocupado. Viemos para nosso apartamento (já estávamos morando separados de nossos pais). Foi quando perguntei a ele o que estava acontecendo, o porquê daquela preocupação toda. Conhecia muito bem meu irmão para saber perfeitamente quando a coisa não estava bem... Foi aí que me deixou por dentro de seus negócios. Guto, como todo jovem sonhador, não era diferente de outros homens, que buscam incessantemente a felicidade, a realização pessoal, mas despreza os obstáculos, parte alucinado, perde a sensatez, sempre achando que nada vai acontecer consigo. Valendo-se unicamente de seus propósitos deliberados, não tinha em mente a dimensão do perigo que estava correndo. Guto, certo dia no apartamento da amante, notou a presença de algumas pessoas na sala conversando com sua amante. Despretensiosamente, ficou ouvindo a conversa, mas assustou-se com o rumo do conteúdo que ouvira. Naquele momento, ficou estático, perdeu todos os movimentos, seus músculos enrijeceram, porém a curiosidade suplantou o medo e permaneceu escondido detrás de uma ampla cortina no intuito exclusivo de tomar conhecimento de detalhes daquela conversa, que, com o tempo, foi se tornando até muito interessante. Falavam em somas vultosas, valores financeiros que mal podia avaliar depositados na Suíça e em paraísos fiscais. Pelos termos da reunião daquelas pessoas, dava facilmente para entender que estavam metidos em grandes e inúmeros negócios escusos. Falava-se de propinas, facilitação de alvarás de soltura, tráfico de entorpecentes, enfim, da participação de todo tipo de falcatruas; falavam com tanta segurança que a impressão que se tinha era de que jamais seriam descobertos e que eram senhores absolutos da situação. Não passava jamais pela cabeça daquelas pessoas que alguém pudesse estar ouvindo atrás da porta ou que Raquel trouxera um namorado para dentro de seu apartamento e que pudessem estar, assim, vulneráveis. Isso nunca acontecera antes, e tinham total confiança em Raquel e plena segurança de que jamais seriam descobertos, principalmente dentro da casa de uma cúmplice tão comprometida com aquele esquema.

Sorrateiramente, Guto procurou saber de quem se tratava. Acercou-se do grupo sem ser notado e pôde descobrir a atividade da mulher e de onde saía todo o dinheiro que sustentava seus caprichos e o alto padrão de vida que possuía. Era ela quem controlava todo o negócio ilícito daqueles homens aparentemente respeitáveis. Teve certeza quando um deles, não foi possível ver qual, pediu a ela os disquetes com os detalhes das contas no exterior. Viu quando Raquel entregou um envelope com uma tarja vermelha. Guto, já senhor de suas emoções, recuperara o autocontrole, e começou a pensar de forma objetiva como poderia tirar proveito daquela situação. Sem dúvida, queria tirar proveito daquilo tudo. Estava ali a grande oportunidade de sua vida, a chance de ficar rico.

Gravou bem a fisionomia daquelas pessoas mirando pela fresta da porta, e voltou para o quarto da mesma forma que saíra, sem ser notado. A sorte estava lançada, agora teria tão somente que esperar o momento certo. Fingiu que estava dormindo quando Raquel entrou com alguns documentos que lhe foram entregues pelo homem mais alto e mais jovem. Retirou, da parede que separava o quarto do banheiro, um quadro muito bem pintado de uma moderna abstração, abriu um pequeno cofre camuflado atrás da moldura, guardou os documentos, recolocou o quadro no lugar, soltou as alças do vestido de tecido leve como seda, expondo seu corpo ainda jovial e bem tratado com cremes e vitaminas, deitou-se sobre o corpo negro do jovem amante, e começou a passar a sua língua molhada pelos lóbulos da orelha, e disse sussurrando: 'Vai ficar a noite inteira dormindo, seu preguiçoso?'"

V

— Melissa continuou: "Guto esperou o momento certo. Se bem que já não conseguia segurar sua ansiedade, estava até muito angustiado. Foi difícil esperar o momento ideal, e aquele parecia ser o momento certo, precisava expor a ela seus desejos. Sim, talvez já fosse o momento ideal. Raquel mostrava-se uma mulher perdidamente apaixonada, demonstrava muito ciúmes; era, sem dúvida, uma pessoa muito possessiva, de personalidade marcante, forte, o que se justificava pelo seu modo de vida, pelo fato de viver em total e plena ilicitude. Mas na hora de fazer amor, no momento da entrega total, se deixava possuir de forma submissa, entregava-se aos prazeres da carne e aos caprichos do homem com lascívia, no propósito deliberado de ser conduzida ao mundo inebriante do prazer. E nesses momentos lúbricos ele sentia realizar a metamorfose do amor, de mulher implacável, inflexível; transformava-se numa menina frágil, vulnerável, benevolente, carinhosa. Este era o momento certo de mostrar-se constrangido com sua situação de dependência física e financeira, principalmente a financeira... Tinha seu brio, não poderia viver eternamente como um gigolô barato, tudo de que precisava tinha de recorrer a ela. Não era propriamente um bastião da moralidade, mas devia fazer transparecer seu falso constrangimento; se preciso fosse, apelaria para a chantagem emocional. Guto sentia naquela relação, a partir daí, uma grande oportunidade. Sabedor que era dos negócios nada convencionais da amante e de sua fragilidade em relação ao amor que os envolvia, precisava tirar proveito disso, forçaria Raquel a encaixá-lo em seus negócios a qualquer custo. Era, sem a menor dúvida, a forma mais rápida e eficaz de ficar rico.

Procurou, sem que ela soubesse, ficar por dentro de todo o esquema criminoso daquela gente. Logo após ouvir despercebidamente a primeira reunião, e ter visto Raquel guardar alguns documentos secretos, deu início à sutil maquinação. Preparou-se adequadamente, arrumou com amigos massa de vidraceiro e tirou o molde de todas as chaves que lhe pareciam interessantes, inclusive a do cofre. Sem pressa, como muita tranquilidade, mandou fazer as cópias das chaves. No primeiro descuido da amante, conseguiu abrir o cofre da parede, fotografou todos os papéis que lá se encontravam, incluindo a agenda particular, levou tudo aquilo para seu pequeno apartamento em Santana, e assim pôde com calma analisar melhor item por item. Usando de seu já profundo conhecimento de informática, gravou tudo em disquetes e queimou as fotos comprometedoras.

Estava terminando o trabalho de incinerar os papéis quando uma buzina soou chamando-o. Era Raquel que veio apanhá-lo para um agradável fim de semana na praia, e aquela tarde de sábado prometia, seriam deliciosos dias na casa de praia do condomínio fechado no Guarujá, coisa de gente rica da capital. Aproveitou, quando descia a serra, para iniciar suas queixas...

'Raquel...', permaneceu um tempo quieto.

'Fala...', e Raquel sorriu faceira, com os olhos brilhantes, espargindo felicidade.

'Você sabe perfeitamente que sou louco por você. Desde que nos conhecemos e passamos a namorar, não tenho olhos para mais ninguém. Estou sinceramente apaixonado, porém não posso continuar dessa maneira, nessa dependência ociosa, não pretendo passar por um aproveitador barato, um garoto de programas ou seu objeto de prazer. Quero ser alguém, subir na vida, ganhar meu próprio dinheiro, tenho ambições e necessidades, preciso de muito mais...'

'Por que isso agora? Não está satisfeito com o que tem? Do que mais está precisando? Já dei um apartamento para você e sua irmã, uma casa para seus pais, tem um carro a sua disposição, dinheiro para gastar... Diga para sua gatinha, diga...', respondeu Raquel, num gesto carinhoso, fazendo um muxoxo e passando a mão pelo seu rosto e espalhando seus cabelos, deixando-os em desalinho, enquanto perguntava: 'Que mais que você quer dessa sua gatinha?'

'Quero entrar no esquema'.

'Esquema...?' Raquel mudou o semblante, o rosto empalideceu, a voz ficou mais aguda. 'De que esquema está falando?'

'Não se faça de boba, meu bem, eu sei perfeitamente de onde vem todo esse dinheiro, de que forma ele é ganho. Sou preto, mas não sou burro, e pretendo que você me coloque nessa jogada'.

A expressão daquela bela mulher mudou ainda mais radicalmente. Empalideceu ligeiramente, aprumou-se no banco do carro, tirou a mão de cima do jovem amante. Sua feição tornou-se fria, dura, impenetrável, distante da Raquel carinhosa que transbordava de meiguice. Manteve-se por alguns minutos em silêncio, e Guto, apreensivo, também nada mais falou. Esperou. Ela aos poucos recuperou o controle emocional, respirou fundo e perguntou: 'Do que você sabe?'

'Não me leve a mal... Alguns dias atrás, ouvi uma conversa sua com alguns homens em sua casa. Achei por bem não interferir, fiquei na minha, só que não pude deixar de ouvir tudo o que disseram, o que não foi pouco, e pude perfeitamente concluir que os negócios rendem muito dinheiro e as fontes não são o que se pode chamar de coisas honestas. E o que eu quero não é fazer chantagem, se é o que está pensando; o que eu quero é trabalhar dentro da organização, senão... vou cuidar de minha vida de outra maneira. Do jeito que está não é possível continuar. Não posso seguir sendo seu objeto de desejo'.

'Acho que você se enganou, meu querido. Não são bandidos, são pessoas respeitáveis, e eu sou advogada de suas empresas. Creio que não tenha entendido direito'.

'É... São homens de respeito, sem dúvida que são. Eu procurei saber quem são eles mais de perto. Sou muito curioso, então eu os segui, sei onde moram, onde trabalham, com o que trabalham, e concordo com você: são pessoas ilustres. Precisava saber em que terreno estaria pisando quando viesse falar contigo; se quero entrar no ramo, tenho de saber com quem vou trabalhar'. E disse isso com um sorriso matreiro, malicioso, com aparência de sabido, daqueles que têm a situação sob controle, com muita segurança.

'É justo que queira progredir, que tenha ambições, fico até feliz com isso, mas... Ouça bem, é muito perigoso, você não os conhece devidamente, são capazes de tudo. Não posso arriscar... Pense bem, você não avalia a dimensão do risco que estará correndo, se esta conversa chegar aos seus ouvidos'.

'Sei perfeitamente o que estou fazendo e o que quero, mas... se você não quiser me colocar no jogo, está limpo, fico na minha, não vou forçar a barra'. E iniciou aí um teatrinho, fazendo o tipo de menino carente. Olhava com o canto dos olhos, ia falando tentando sensibilizá-la, quebrar a tensão formada em torno do diálogo. Não estavam há muito tempo juntos, porém Guto conhecia bem as fraquezas daquela mulher.

Raquel demorou um longo tempo para retornar ao diálogo, parecia pensar no que deveria responder, mordeu os lábios algumas vezes, passou as costas da mão na testa como se limpasse algumas gotas de suor, olhou firmemente para o jovem amante e disse: 'Gostaria que se mantivesse à margem dessa história toda, tenho o suficiente para nos manter, posso perfeitamente aumentar minha contribuição para sua manutenção. Espero que não faça nenhuma besteira. Mantenha-se tranquilo, não se precipite. Se você conseguir se controlar, aos poucos vou introduzindo você no grupo. Só lhe digo uma coisa: não tente forçar, saiba esperar, que poderá dar tudo certo, mas, como lhe disse, sem precipitação. Primeiro vou apresentá-lo aos membros como meu namorado, depois iniciaremos com algum pequeno trabalho, até que consiga com o tempo adquirir a confiança dessa gente... Aí sim poderá participar com toda segurança e realizar seus desejos. O que me preocupa desde já é que, assim que começar a ganhar a vida sozinho, assim que estiver voando com suas próprias asas, estarei dando adeus ao nosso relacionamento'.

'Não fale assim', respondeu ele, com aquele jeitinho morno. 'Você sabe que sou louco por você, minha gata'. Tentou beijá-la, mas não deu tempo; ela deu sinal de luz, acionou a buzina e começou a entrar no portão do luxuoso conjunto do condomínio onde passariam o fim de semana.

'Hum...! Bela casa, hein? Isso é que é viver bem, nada como ser gente fina, gostei, gostei pacas!' Saltou do carro, pegou as sacolas com seus pertences e foi adentrando a casa sob os olhares curiosos da vizinhança. Estes não estavam acostumados à presença de negros no condomínio. Guto percebeu isso e sorriu um sorriso malicioso, como se dissesse 'Vão ter que me engolir, cambada'".

VI

O primeiro a chegar foi o Dr. Helder. Veio sozinho guiando seu próprio carro. Chegou cedo. Era do tipo que, com poucas horas de sono, estava satisfeito. Apertou a campainha por mais de três vezes, esperou algum tempo até que Raquel abriu a porta.

— Já!? Chegou cedo, hein, doutor? Caiu da cama?

— Não... Você é que levanta tarde — respondeu ele, secamente, sem demonstrar nenhuma emoção.

— Que bom que aceitou meu convite. Estava com receio de que não viesse. Entre e acomode-se... Vou me preparar e já volto.

Dr. Helder, impaciente, tamborilava os dedos sobre o encosto do sofá, quando, após uma longa demora, ela saiu do corredor que levava aos quartos, sedutora dentro de um minúsculo biquíni, coberta por um robe transparente. Raquel irrompeu sala adentro e seguiu diretamente para a porta onde, no mesmo instante, a campainha voltou a tocar.

— Que bom que veio! Vamos entrar... Dr. Helder já está aí ansioso como sempre. Fez boa viagem?

— Sim... muito boa. O que há de novo?

Os dois visitantes entreolharam-se, não pareciam muito à vontade, cumprimentaram-se com um leve aceno de cabeça. Dr. Ernesto acomodou-se em uma cadeira, e em seguida os dois olharam para Raquel indignados, como que perguntando com os olhos a razão daquele convite de última hora.

— Relaxe, pessoal. Estão curiosos, não...? O caso é o seguinte: pedi que viessem para passar o domingo comigo e meu namorado. Quero apresentá-lo a vocês e espero que o aprovem.

Os dois cruzaram novamente o olhar, e, de forma inquiridora, voltaram-se para Raquel, que chegou a estremecer com aqueles olhos frios que pareciam estar crispando centelhas de fogo, num ato evidente de reprovação. Não houve tempo de contestação. Guto entrou sorridente, com seus dentes alvos, parecia recender o ambiente, como se nada soubesse, aproximou-se dos dois senhores, cumprimentou-os educadamente com toda humildade, quebrou a tensão momentânea com uma pergunta sutil descabida, como se de nada soubesse e como se fosse a primeira vez que os estivesse vendo.

— Prazer em conhecê-los. Chamam-me de Guto. São os patrões de Raquel?

Foi quase impossível deixar de notar a fisionomia do Dr. Ernesto quando mirou, estático, aquele corpo negro em toda exuberância e perfeição, corpo bem definido de quem passa o tempo malhando em academias no intuito de se modelar, rosto afilado, seguro, olhos castanhos grandes e brilhantes, uma autêntica escultura de um autêntico príncipe africano. Ficou deslumbrado com aquela presença, mal conseguiu articular um "muito prazer".

Raquel sentiu um calafrio. De imediato, pressentiu algo de ruim; uma marca de ciúmes apontou em sua face e prontamente perdeu a serenidade, semicerrou os olhos por segundos, respirou fundo, readquiriu o controle emocional e perguntou, sem tirar os olhos do boquiaberto Dr. Ernesto, que não disfarçava o interesse pelo jovem namorado da anfitriã:

— E aí, o que preferem tomar? Um café ou já vamos para algo mais forte e aquecedor?

— Por momento, nada — respondeu friamente o Dr. Helder. — Só precisamos de um minuto a sós para trocarmos umas palavrinhas. Voltou-se para o jovem Guto como que o empurrasse para fora com a força dos olhos.

Guto curvou-se numa leve mesura com a cabeça, levantou as duas mãos espalmadas num cordial assentimento e saiu do ambiente, deixando-os a sós.

— O que este rapaz está sabendo sobre nós? E o que está pretendendo com isso, Raquel? — inquiriu o Dr. Helder.

— Fique frio, doutor, ele simplesmente não sabe de nada. Só queria que vocês soubessem desse meu relacionamento para que não haja nenhuma contestação. Vamos morar juntos, porém sem misturar os negócios. Tudo será como sempre foi.

— O que faz esse garoto?

— É um ás do computador, domina tudo sobre informática, é um aficionado pelo mundo virtual.

— Não foi só para nos mostrar seu novo brinquedo sexual e dizer suas habilidades que nos trouxe até aqui... Que mais?

— Queria a aprovação de vocês para dar a ele algumas funções. Logicamente aquelas que não são comprometedoras, talvez no departamento paraguaio, transporte de mercadorias, distribuição ou coisas desse gênero. O garoto está querendo trabalhar, já está difícil fazer tudo sozinha... Que acham?

Foi o Dr. Ernesto quem primeiro se manifestou:

— Por mim tudo bem, sem problemas. A responsabilidade é toda sua... — retrucou. — Você conhece as normas. — E levantou-se sem mais explicações nem se despedir. Saiu da mesma maneira que chegou e foi embora.

— Ufa...! Simpático o companheiro.

— É... e como é simpático! E o senhor, doutor, vai ficar? — perguntou Raquel, esperando que a resposta fosse um "não" imediato. Ela preferia manter-se só com seu companheiro e aproveitar todos os momentos, sem dizer que Raquel percebera perfeitamente os olhares mal intencionados daquele homem inescrupuloso para cima de seu amado. Conhecedora dos desvios de comportamentos do comparsa, o ideal seria mantê-lo bem longe.

— Não... não vou ficar. E parabéns pelo namorado, nada mal, nada mal mesmo. Estou indo.

Assim que ele atravessou a porta da frente, Raquel deu uma respirada profunda, sentiu um alívio completo, deixou-se cair sobre o sofá pesadamente, como se tivesse retirado dos ombros um peso difícil de suportar.

— E aí...? Como foi a conversa? Favorável o veredicto?

— Tudo certo, o caminho está livre. Só não estou muito à vontade em relação aos olhares de Dr. Ernesto para cima de você. Foi muito descaramento dessa bicha velha.

— É mesmo? O cara é transviado? Não percebi.

— Deixe de ser cara de pau, nego safado. Você percebeu muito bem, não se faça de bobo! Você que se faça de engraçadinho, que corto seu pau fora.

— Ui... É ruim, hein? Não estou a fim de ficar capado não, não quero ser nenhum eunuco. Conte-me: como foi que conseguiu se misturar com essas pessoas tão *sui generis*? Um psicopata ilustrado, um psicopata bicha frustrado, e o outro, o terceiro que esteve em seu apartamento, que não compareceu, tive a nítida impressão que se tratava de um megalomaníaco. Aliás... bela equipe!

— E eu...? — perguntou ela, parada em sua frente. — Qual é a minha personalidade nessa análise de comportamento moral, doutor psicanalista amador?

Guto não conseguiu conter-se e soltou uma sonora gargalhada.

— Você... Você é a única que se salva nessa corrente.

Aproximou-se maliciosamente, mal intencionado, ajoelhou-se a sua frente, levou as mãos a suas coxas bronzeadas e escorregou-as para cima, enfiando-as por baixo do biquíni, enquanto ela se curvava em busca dos lábios entreabertos do companheiro, conseguindo, com isso, desequilibrarem-se e tombarem sobre o tapete, envolvendo seus respectivos corpos num frenesi de loucuras e paixões.

Saciados seus instintos, os dois esticados no chão da sala, respiração ofegante, Guto passou a mão sobre a cabeça da amásia, beijou-a com carinho, aproveitando a fragilidade do momento.

— Conte-me a história de como conseguiu se misturar com essa gente.

— Por que o interesse?

— Talvez um dia resolva escrever sua biografia... Isso tudo parece um romance.

— Essa gente nunca está sozinha — começou ela, após acomodar-se. — Antes de trabalhar com eles, eu era advogada de um grupo de importadores.

— Importadores...? Do quê?

— Coisas do Paraguai.

— Cocaína?

— Minha função mais efetiva era lavar o dinheiro do tráfico, e receber de alguns clientes o fornecimento do produto. Fazia as remessas do dinheiro sujo para os paraísos fiscais, por meio daquela terceira pessoa que você viu em meu apartamento. Era, e ainda é, diretor de uma instituição financeira, por sinal, muito tradicional. Dessa forma ficamos amigos. Certo dia, um dos importadores caiu preso, pilotava um de seus aviões com uma quantidade substancial de pó e o avião sofreu uma pane; foi obrigado a uma aterrissagem forçada... E, para livrá-lo, cheguei até a presença dessas duas figuras que acabaram de sair. Foi desta forma que descobri que gostavam de dinheiro, e que por dinheiro faziam qualquer coisa. Livrei o comparsa, mas perdemos toda a carga de mercadorias, e ainda tive de vendê-la para os dois e cuidar da aplicação do capital. Foi assim que todos se locupletaram e se conheceram, e iniciaram uma perfeita parceria, uma advogada, um promotor, um juiz e um banqueiro, que também, para melhorar, é político influente em Brasília; e para completar: uma equipe de narcotraficantes. Todas pessoas de relevância social e ilibada moral... Satisfeito?

— É tudo gente fina! Quando começo?

— Calma... muita calma. Já demos o primeiro passo. Como lhe falei, precisa ter tranquilidade, paciência e muito controle emocional, sem precipitações.

VI

A ambição suplantou o medo, e Guto de imediato começou a sonhar com um futuro de riquezas, já se imaginou viajando em um luxuoso transatlântico, sua irmã brilhando nas passarelas do mundo, tudo completamente diferente do que vira e sentira até então. Teria realmente muito dinheiro, era inteligente, jovem, tinha disposição, reunia condições de brilhar muito mais que os outros, era destemido. O ruim é que as pessoas destemidas não pensam com a razão, mas vão pelo impulso, e é aí que mora o perigo. Mas isso não seria o assunto para ser resolvido naquele instante, agora seria tão somente comemorar aquela primeira vitória. Estava tão excitado com a ideia que acabou confundindo com excitação sexual e novamente se virou por cima da parceira, reiniciando mais uma sessão de amor incontido, desenfreado.

VII

O confronto é inevitável e estabelece-se quando as paixões afloram, estimulando sentimentos de ciúmes e desconfiança, principalmente quando o elemento desagregador desperta interesses que não estão ligados às atividades praticadas, e vem ele embalado pela ganância, procurando, por subterfúgios, suplantar com métodos nada convencionais a capacidade dos outros mais experientes e detentores do controle dos negócios. Toda mudança ou aquisições imposta gera controvérsias e desperta a desconfiança, deixando a todos de espírito prevenido, pois o interesse é manter em pé a organização, que, até então, parecia perfeita, mesmo sendo ela formada por pessoas de moral duvidosa, que muitas vezes se agregam e se toleram para manter suas atividades ilícitas, livres de complicações legais. Tentam manter uma sociedade coerente e harmoniosa não só pela necessidade de sobrevivência das atividades, ou por estar tudo seguindo um rumo certo, proporcionando lucros suficientes que satisfaçam a todos, mas criam uma ordem ética criminosa, que deve ser respeitada pelos elementos interligados. Como em toda organização social, mesmo na de bandidos é necessário estabelecer normas de conduta, nem que para fazê-las cumprir deva ser usado o medo e a coação física ou moral. Sem contar que essas pessoas ainda se impõem pelo cargo, pela posição social, e conseguem manter a união por meio do medo.

Guto não integrava essa elite de criminosos de estirpe, assim como nunca antes tinha participado de nenhum tipo de ilicitude. Jamais pretendera ou passara por sua cabeça tornar-se um criminoso de qualquer classe que fosse. A princípio, só queria tornar-se um cidadão respeitado, cheio de sonhos, com trânsito livre na sociedade de consumo, para poder comprar o que quisese, dentro de suas possibilidades, sem comprometimentos ou maiores apertos.

Mas novamente o destino interfere e coloca-o no centro de uma perturbadora diversidade, mantendo uma visão estereotipada do mundo dos poderosos, onde todos alcançavam pelo trabalho ou por articulações ardilosas, porém determinadas pela esperteza nos negócios. E jamais poderia supor que pessoas eminentes, bem-sucedidas, estivessem atoladas até o último fio de cabelo nas lamas das atividades criminosas, vivendo nababescamente de forma impune, com todo conforto e magnificência. Achou que também tinha o mesmo direito.

Só que o alumbramento ofuscava suas ideias mais claras, deturpando-as de maneira que não enxergava objetivamente que essas pessoas possuíam mecanismos de defesa, como uma moléstia causada por bactérias, que, se mal tratada, ao invés de curar, se agrava, e os medicamentos convencionais passam a não apresentar efeitos. E, quando se sentem acuadas, são capazes de qualquer atitude, perdem a razão, tornando-se seres brutalizados, verdadeiros animais selvagens prontos para se defender, e pelo instinto são capazes de tudo, até matar sem compaixão ou morrer com a mesma naturalidade insana.

Na visão do inexperiente Guto, porém, nada disso poderia ocorrer, nada era real. Com o decorrer dos dias, foi se inteirando mais e mais das atividades do bando, contudo a ganância suplantou-lhe a razão, e uma noite se vestiu todo de negro, colocou um gorro igualmente escuro e, como um felino, entrou na casa do promotor. Num dia em que estava fora, o segurança cochilou. Tinha em mente toda a estrutura da casa, desligou o alarme, foi até o escritório residencial, ligou o computador, entrou nos programas secretos, não sem alguma dificuldade de descobrir os códigos. Realmente se tornara um exímio artesão no mundo virtual, com habilidade e paciência. Tempo era o que não lhe faltava... Já as primeiras anotações que apareceram na tela do micro foram o deixando espantando: os volumes de dinheiro, a quantidade enorme de imóveis e propriedades dentro e fora do país. Guto soltou um assobio estridente de admiração, e imediatamente levou a mão à boca, como que tentando bloquear o som, mas não houve mais tempo... Por sorte, o cômodo estava todo fechado e o barulho ficou abafado.

— Preciso tomar cuidados e controlar meus impulsos — pensou alto e consigo mesmo.

Gravou tudo o que pôde em outros disquetes, e deu mais uma vasculhada pelo escritório. Descobriu bem por baixo da escrivaninha, sob um tapete grosso e caro que enfeitava o chão do ambiente, um cofre! Pensou: "Deve haver uma chave em algum lugar... Onde será?" E procurou, procurou... Notou, por sobre a mesa de trabalho, uma escultura! Um busto de mulher com os olhos vendados segurando uma balança, simbolizando a Justiça. Ergueu-a e ouviu algo escorregar dentro dela. Dr. Helder estava tão confiante que jamais pensou que alguém ousasse profanar ou viesse a invadir seu escritório particular. Com muito cuidado, tirou de baixo uma tampa bem camuflada... Lá estavam algumas chaves! Experimentou uma a uma, até achar a chave da porta do cofre.

Estava ali acondicionada, de forma bem organizada, uma grande quantidade de escrituras e documentos pessoais. E, ao lado, espremido entre os papéis, um caderno antigo de capa dura, em vermelho-escuro, quase vinho; as folhas, amareladas pelo tempo. Não era possível ler o que estava escrito... A letra estava um tanto distorcida, eram quase garranchos, e só a luz do visor do computador mantinha o ambiente com um pouco de claridade.

Ouviu barulho na parte inferior da casa, ajeitou o tapete, desligou o computador, ainda com o caderno na mão, sem saber o que fazer com ele... A curiosidade foi maior que a prudência. Mais uma vez, ouviu passos subindo a escadaria que levava ao pavimento superior. Sem esperar para ver de quem se tratava, e com um medo repentino que se apossou dele, abriu a janela, e acobertado pela escuridão da madrugada e pela neblina expeça, como um felino, pulou do andar de cima sobre a grama. O barulho surdo ao bater os pés no chão foi abafado pelo ruído dos carros que transitavam pela avenida em frente à portentosa mansão.

Ao chegar a casa, já dentro de seu pequeno apartamento, procurou não fazer barulho, sem sucesso. Melissa parecia estar já acordada ou talvez não tivesse conseguido dormir, esperando pela sua chegada. Ela deixou o quarto. Guto tremia como uma vara verde, mas todo medo e pavor assentara quando seu corpo esfriou, e a tensão diminuiu. Foi aí que pensou em onde arrumou coragem para fazer aquilo e avaliou o risco que correra: poderia ter sido morto.

— O que houve, mano? Está se sentindo mal? Está com febre? Meu Deus, como está tremendo! Vou chamar um médico... Está tão pálido que vão confundir você com algum louro.

— Não... não se preocupe, é só um calafrio momentâneo, já vai passar. Não se apavore; deixe só comigo o apavoramento.

Apanhou um copo com água, levou até ele.

— Tome, beba isso... É água com açúcar. Vai ficar bem... E me conte o que está acontecendo, pois está me deixando com medo. O que houve?

Ele bebeu a água, esparramou-se no chão da pequena sala, arrancou o gorro, esfregou as duas mãos no rosto...

— Você não vai gostar do que vou contar, mas não tenho outra pessoa em que possa confiar, só você mesmo.

— Conte logo, nego! Você me deixa tensa, estressada... Vá, fale!

Enquanto isso, apanhou no chão o pequeno caderno de capa dura que Guto tinha deixado cair.

— Coloquei na cabeça que iria fundo no intuito de descobrir tudo sobre estes elementos amigos da Raquel, e, quando juntasse provas e dados suficientes de suas falcatruas, faria uma pequena extorsão, o suficiente para nunca mais ter de me preocupar com dinheiro. Esta noite o promotor não estaria em casa; fui até lá e sorrateiramente entrei em sua mansão, fui até seu escritório, invadi seu computador... Se eu lhe falar o que descobri... vai ficar horrorizada!

— Horrorizado vai ficar você, quando ler o que está escrito dentro deste caderno. Aliás, horrorizado não, vai se borrar inteiro. Você não sabe em que vespeiro enfiou sua mão, mano. Você está diante de uma verdadeira máfia.

— Dê aqui para mim, deixe-me ver. Só trouxe isto porque não houve tempo de colocá-lo de volta. Como estava lhe falando, quando já estava me preparando para vir embora, chegou alguém, ouvi um barulho de passos subindo a escadaria. Só deu tempo de desligar tudo, fechar o cofre e pular a janela... Tenho a impressão de que não fui visto... E fui obrigado a trazer este caderno para não deixar pistas, puta merda! Isto aqui é uma confissão escrita de uma série de coisas muito ruins. O cara é um psicopata mesmo. Ouça isto...

> *Não poderia jamais acreditar que aquele farrapo imundo, aquele espectro, fosse meu pai, um bêbado maltrapilho, fedorento. Não... não creio no que estou vendo, isso tem de desaparecer. "Quem é você, garoto...?", perguntou o pobre homem embriagado sobre um velho catre, feito cama, todo sujo e desarrumado.*
>
> *"Eu sou o seu destino, miserável", e bati nele com um pedaço de cano de ferro que estava sobre a mesa no centro do barraco. Pensando bem, essa foi ótima... "Sou seu destino". O cúmulo do azar foi a mulher ter chegado, eu não pretendia matá-la, mas ela viu-me com o ferro na mão, todo manchado de sangue da cabeça daquele farrapo humano. Não tive outra alternativa, senti uma dor de cabeça insuportável, meus olhos turvaram quando recobrei os sentidos em minha casa. Já tinha feito, bati nela até matá-la. Não acredito ter surgido no mundo por intermédio daquelas coisas amorfas distorcidas.*

— Santo Deus, Melissa! O cara é um demente, está tudo registrado aqui neste caderninho. O que fez com seu pai adotivo pelo seguro... e ouça mais esta:

> *Sinto muito, dona Julia. Eu a amo como minha mãe, mas... não queria que soubesses o que fiz com papai. Agora vou ter de dar um fim em você também.*

— Olhe, mana! O cara aplicou um sedativo na mãe e ateou fogo na casa com a pobre mulher dentro?

— Dê-me esse caderno, mano. Vou pôr fogo nisso... É muito arriscado, isso é uma verdadeira bomba que poderá nos fazer em pedaços. Quem é capaz de matar os pais legítimos e os pais adotivos por ódio e ganância? Se descobrir que temos uma verdadeira confissão nas mãos, não pensará duas vezes em nos matar. Realmente foi a maior loucura você invadir a casa do homem e roubar seus segredos.

— Não, mana... Não vai queimar isso não. É nosso seguro de vida! Vamos esconder com os disquetes.

— E o que traz nesses disquetes? Mais atrocidades?

— Loucuras, mana, loucuras. Contas no exterior, favorecimentos por dinheiro a empresários, políticos, banqueiros e traficantes de drogas; milhões de dólares nos paraísos fiscais, dinheiro que não consigo imaginar o que pode comprar, tudo em contas numeradas.

— Guto...? Você se meteu numa máfia dirigida por loucos, meu irmão! Jogue isso fora, essas coisas podem ser nossa sentença de morte, pense bem.

— Vou pensar, mana, vou pensar. Pegue aquele envelope grande, vamos colocar lá os disquetes e escondê-los.

— O que devo fazer para diferenciá-los dos outros?

— Escreva em cada um "Roteiro de viagem".

— Estranho... Por quê?

— Esse é o nosso passaporte e nossa passagem para o mundo, para a liberdade.

— Será?

5
AS PROVAS CONCRETAS E A RUÍNA

I

— Os disquetes! Então é isso! Aquele desespero todo, aquela loucura desenfreada... Ele só não deve saber do caderno...

— O que está falando, amiga? Que disquetes são esses? — perguntou Heloísa, espantada e curiosa.

— No dia seguinte ao julgamento — falou-lhes Renata —, quando o juiz se matou, cheguei pela manhã ao fórum e o Dr. Helder estava em pânico, desesperado, atrás de alguns disquetes dentro de um envelope. Remexeu tudo quanto era processo, e fui eu quem acabou achando os tais disquetes.

Por Deus, menina! — disse o Dr. Geraldo, saltando da cadeira como que impulsionado por uma mola. — Onde estão esses disquetes? Você chegou a abri-los? Devem estar aí as provas de que necessitamos; com eles talvez seja possível desvendar todo esse emaranhado de crimes. Deve ter muito dinheiro envolvido, e provavelmente desvendaremos toda essa trama e acabaremos com essa maldição que se abateu sobre nossa cabeça.

— Devolvi a ele no mesmo dia... Não sabia do que se tratava.

— Não, não...! Isso não! Mil vezes não! O que você fez? — Foi escorregando novamente por sobre a cadeira, cruzando os braços sobre a mesa, e bateu a testa com força sobre os braços, como se tivesse levado um balde de água fria no rosto. Desmoronou sobre o assento.

— Calma... — continuou Renata, com um sorriso maroto, envolvendo os ombros do jovem advogado com um abraço. — Calma! Não sou tão ingênua assim, sou mulher, mas não sou burra...

Ele ergueu as sobrancelhas e com um lado do rosto, com um único olho, mirou-a profundamente.

— Tenho certeza de que é mulher (por sinal, linda) e de que não é burra. Mas não me obrigue a ter de beijá-la e dizer que a amo. Se fez o que estou pensando, beijo-a até a sola do pé.

— É isto mesmo, eu tirei cópias dos disquetes, numa artimanha que aprontei para ele. Estão todas em casa.

— Ufa! Que alívio! E o caderno, onde está o caderno? Sabe dele, Alex? Diga que sabe! Essa é a maior prova dos crimes praticados pelo promotor, tenho certeza disso!

— Não... Sobre o caderno eu não sei... Deve estar escondido no apartamento que era da Melissa... Se ele já não o encontrou.

— Vamos procurar. Precisamos desse caderno.

— Que jeito! E a chave do bendito apartamento? Como vamos entrar? Arrombamos? — perguntou Heloísa, com ar de desânimo.

— Eu tenho as chaves, disse Alex, e disse de uma forma sem entusiasmo, como se fosse a coisa mais comum do mundo e que de nada valeria, deixando a todos um tanto sem ação.

Foi o Dr. Geraldo novamente que demonstrou entusiasmo:

— Será que terei de sair beijando todo mundo agora? Diga-me: onde estão essas chaves, meu garoto? Vamos lá!

— No meu antigo apartamento. Aliás, no apartamento que era do juiz e eu usava. Deixei dentro de uma sacola onde carregava minhas coisas de ginástica, malhas, tênis, essa "bagulhada" toda.

— Bem... Teremos de passar lá de qualquer forma.

— E aí pergunto novamente — atalhou Heloísa. — E as chaves?

— Falaremos com o porteiro; ele deve ter uma cópia. Só espero que ninguém tenha tido a infeliz ideia de remexer e retirar de lá todos os pertences do Alex. A seguir iremos até o Ministério Público, denunciamos o promotor Dr. Helder e solicitaremos a reabertura do processo. Entregaremos a eles essas provas todas, e só assim será possível meter essa gente toda na cadeia, e livrar definitivamente o Alex desse terrível problema.

— Não estamos nos precipitando? — voltou a falar Heloísa. — Depois de ouvir tantas barbaridades a respeito dessas pessoas, fico pensando se não haverá mais alguns promotores, advogados, delegados envolvidos. Todos os dias, ouve-se dizer de policiais metidos em coisas erradas, e agora já estou ficando um tanto apreensiva.

— Ela tem razão — disse Renata, voltando-se em direção ao Dr. Geraldo. — Em quem confiar?

— Bem... — disse ele —. Não podemos imaginar que todos os homens da justiça estejam metidos em falcatruas. Existem sim muitos envolvidos com o crime, mas não todos. Tenho um amigo na Procuradoria-Geral da República, ele nos abrirá as portas da Justiça e nos encaminhará a quem de direito. Só quero que fiquem bem cientes do que vão ouvir agora. Já que entramos neste emaranhado de problemas, nesta senda perigosa, é bom que tenham em mente que assumimos um risco imensurável. Já deu para ver que estamos lidando com psicopatas, criminosos muito perigosos. O pior: não são criminosos comuns, ladrões de quintais, não! São gente de muito poder, com uma inteligência privilegiada e um esquema muito sofisticado voltado para o crime... Sim, são extremamente inteligentes, portanto, pessoal, teremos de assumir os riscos. Quem quiser abandonar o barco, vou entender. Quem for continuar, vai precisar enfrentar o perigo com muita coragem. Eu vou em frente...

— Eu sou o maior interessado — retrucou Alex. — Minha vida e minha liberdade é que foram jogadas no meio dessa podridão, e tenho de descobrir quem matou a garota que eu amava e por que fez isso.

Heloísa pousou a mão sobre os ombros do jovem e disse, com um certo tom de receio:

— Já que cheguei até aqui, jamais perderia a chance de me realizar e deixar ruir o castelo que fiz de meu futuro. Isto me baseando naquela história trágica... Quem matou realmente não podemos afirmar. Agora por que mataram, e quem matou, isto ficou muito claro. Também vou permanecer.

— Acho que a principal articuladora deste projeto fui eu, com minha intuição feminina e minha curiosidade. Portanto, nada mais justo que eu vá até o fim — e fechou o diálogo a respeito da continuidade do projeto a assistente da promotoria.

— Precisamos agir muito rápido — disse o Dr. Geraldo, passando os olhos em um por um. — Já que seguiremos juntos, vamos formar um time compacto e dividir as tarefas. Eu e o Alex iremos ao antigo apartamento atrás das chaves; em seguida vamos ao apartamento de Melissa. Renata voltará ao fórum e ficará de olho no PROMOTOR, tentando descobrir mais alguma coisa. Heloísa, como repórter, vai procurar a *socialite* Raquel, amante do irmão da Melissa; precisamos descobrir o que aconteceu com o irmão dela, se está vivo ou morto; descubra também onde mora atualmente os pais da garota. Vamos pôr tudo em pratos limpos... Que acham? Estamos combinados?

— Por mim, tudo certo — assentiu Renata.

— De acordo — respondeu Heloísa. — Vou dar um pulo no jornal, falarei com nosso colunista social... Ele deve saber tudo sobre essa senhora. Vai ser mole, mole.

— Conversou com minha mãe, doutor? — perguntou Alex.

— Sim, disse a ela que já estava livre e em minha companhia, mas que demoraria um pouco para voltar para casa, que não estava se sentindo bem. Disse que o levaria a uma clínica de repouso. Ela concordou prontamente e agradeceu a iniciativa.

— Já esperava por isso.

— Muito bem, pessoal. Vamos embora... Cada qual pega seu rumo, e nós nos encontramos à noite no apartamento de vocês duas para sabermos o que foi descoberto de parte a parte.

Dona Joana até então permanecera em silêncio, só ouvindo o desenrolar da conversa dos jovens, sem se manifestar. Assentia vez ou outra com a cabeça. Terminada a reunião, levantou-se, abençoou a todos, abraçou um por um, falando só o necessário. Abraçou mais fortemente seu filho, beijou-o com muito carinho.

— Vai com Deus, meu filho. Mas lembre-se: todo cuidado é pouco, não me deixem sem notícias.

— Rapidinho resolveremos isso, mãe. Fique tranquila.

Não havia naquele momento um trânsito tão intenso como de costume, portanto chegaram mais rápido do que o esperado ao destino; encaminharam-se ao antigo prédio onde Alex residiu nos últimos dias e foi palco do fatídico acontecimento que culminou em toda aquela tragédia. Procurou o zelador do prédio. Como já se conheciam, não houve formalidades.

— Boa tarde, Sr. Raimundo. Precisamos da chave do apartamento... Pode nos emprestar?

— Claro, filho, vou pegar... Tenho aqui uma cópia. Aliás, aquilo está uma bagunça, do jeito que deixaram ficou. A polícia pediu-nos para não mexer em nada até concluírem as investigações, depois não nos disseram mais nada.

— Só vou pegar uma sacola com minhas roupas e lhe devolvo as chaves.

— Além da polícia, outras pessoas estiveram aqui? — perguntou o Dr. Geraldo, que até então permanecera em silêncio.

— Várias pessoas estiveram aqui, viraram o apartamento de cabeça para baixo, mas nós não sabíamos quem eram, se da polícia ou se da família do Dr. Ernesto. E, para não nos envolvermos, ficávamos quietos... O senhor sabe como é!

Dr. Geraldo girou a chave da porta, empurrando-a lentamente. Sentiu de imediato um cheiro forte de amônia e instintivamente tapou o nariz. Esperou alguns segundos até que se acostumasse ao cheiro, e a visão se adaptasse à penumbra que pairava no ambiente, de extrema desolação. Sem dúvida, tudo foi remexido... almofadas, cortinas, roupas, gavetas, tudo embolado e atirado ao chão. Mais parecia que por ali passara um tufão e pegara a todos desprevenidos. Acenderam a luz e puderam melhor vislumbrar o estrago no interior do apartamento, todinho desarrumado. A passos medidos, com cuidado para não pisar nas peças atiradas pelo chão, caminharam até o quarto.

Ali estavam mais evidentes as marcas da tragédia. Manchas de sangue por todo lado, um cheiro ácido se acentuava. Dr. Geraldo sentiu ânsia de vômito, conseguiu conter-se a tempo de segurar Alex, que cambaleou diante daquele pesadelo. Tudo voltou à sua memória... Fez menção de desmaiar. Virou-se de costas e sentou-se no chão, recostado à soleira da porta com o rosto virado para o corredor.

— Quer sair, Alex? Não está bem?

— Não... Está tudo bem. Dê-me um tempo, que eu me recupero.

Por alguns minutos refletiu sobre sua vida, pensando o que levava uma pessoa a entregar-se à aquela vida de degeneração, prostituição, mesmo tendo tudo para ser um sujeito decente, com possibilidades de uma vida plena de realizações, ser alguém na vida. Sujeitou-se a tudo aquilo por uma revolta interior, uma fraqueza qualquer, por não concordar com o modo de vida de sua mãe e seu pai, por fraqueza moral. Agora estava ali, envolvido em problemas de difícil solução. A garota de que gostava morreu de forma violenta, e ele estava exposto como principal suspeito. Quantas pessoas mais sofreriam ou até morreriam em função de tanta insanidade, tanta loucura em busca do dinheiro fácil, da riqueza ilícita. Sim, sem dúvida era hora de ele fazer algo de útil, ajudar a desvendar aquela desgraça e sair daquele lodaçal que entrara.

Geraldo voltou-se em direção ao zelador, enquanto erguia uma peça ou outra com todo cuidado ou até com um profundo sentimento de nojo.

— O senhor estava no prédio no dia do crime, Sr. Raimundo? — Perguntou mesmo só para distrair a atenção daquele cenário tétrico aterrorizador.

— Estava sim, mas só soube do crime bem depois que a moça já estava estatelada no chão.

— Não viu ninguém saindo apressado logo após o ocorrido, não ouviu gritos? Qualquer barulho que se faça dentro desses apartamentos se ouve no prédio inteiro.

— É verdade, mas naquele dia os dois apartamentos ao lado estavam sem os moradores, um estava sem inquilino, no outro mora um casal de velhos que estavam viajando. E naquele dia foi um entra e sai, parecia festa. Achei interessante, e o que me chamou atenção foi que todos os que entraram e saíram naquele dia eram pessoas bem vestidas, gente distinta. A primeira a entrar foi uma senhora muito bonita, parecia uma pintura, de tão bonita; depois, olhando uma revista, soube quem era, mas nunca desconfiaria dela, pois era exatamente a mãe do rapaz. As outras pessoas não pude ver quem eram, só sei que naquela noite vieram até aqui umas cinco pessoas estranhas. Só não sei se veio o finado Dr. Ernesto: esse, se tivesse visto, eu reconheceria, mesmo olhando-lhes as costas.

— São estas chaves aqui, Alex?

— São, são essas! Onde achou?

— Dentro da sacolinha onde você guarda seus pertences de produtos de higiene, barbeador, loção.

— Deve ter sido Melissa que colocou aí, e as pessoas que estiveram aqui remexendo não encontraram porque não imaginaram que pudessem estar aí dentro. Vamos embora daqui, não estou me sentindo bem neste ambiente.

— Não vai levar suas roupas?

— Estão todas dentro da sacola de lona. Por favor, apanhe-as para mim.

— Tudo bem, vamos andando. Valeu mesmo, seu Raimundo. Até outro dia.

— O que faremos agora? — perguntou Alex, insistente.

— Vamos ao apartamento da garota. Não foi o que combinamos?

— Vamos lá então.

Entraram no pequeno apartamento de Melissa. Do jeito que encontraram o anterior estava aquele, todo bagunçado.

— É — disse Alex —, os mesmos que rebuscaram meu apartamento vieram até aqui e fizeram igual. Que desordem aprontaram!

— Só que o objetivo principal eram os disquetes. Não sabiam sobre o caderno de anotações do promotor.

— Como você sabe disso?

— Dedução. Todos estavam com a atenção voltada para os disquetes, que são a peça mais comprometedora para todas as pessoas envolvidas. O caderno só interessa ao Dr. Helder, e ele não sabia que o irmão da garota se apossara deste material altamente comprometedor; sendo assim, não se preocuparam com ele, e este é o nosso trunfo. Você, que conviveu algum tempo com a garota, tem ideia de onde ela poderia ter escondido esse caderno?

— Ela nunca me falou sobre isso, só soube no dia do fatídico acontecimento. Talvez pretendesse me resguardar; sabia perfeitamente do perigo a que estava exposta e que talvez seu irmão não estivesse só desaparecido. Sim, devia saber. Só acho que quis ser muito esperta e aproveitar-se do material que tinha em mãos e fazer o que o irmão pretendia a princípio, arrancar uma boa grana da quadrilha do juiz e do promotor, quando o certo teria sido mandar aqueles disquetes e o caderno para a polícia.

— Eu creio que a intenção era essa mesmo.

— Por que diz isso?

— Está aqui dentro de um envelope no meio do material de escola... Passou despercebido porque ela escreveu no envelope "Meu diário escolar: receitas para uma vida melhor".

— Caramba, doutor, o senhor achou o caderno?

— Achei! Estava tão óbvio que não despertou a menor desconfiança, e, no afã de encontrar os disquetes, não olharam o resto das coisas. Melhor para nós...

— E bem pior para eles...

— Vamos embora daqui, direto para o apartamento das garotas. Quem sabe teremos mais algumas novidades.

— Posso dar uma olhada no caderno do promotor?

— Não... Agora não. Vamos sair daqui e, quando estivermos no apartamento da Renata, veremos isso juntos, e lá tomaremos uma decisão.

— Legal, tudo bem, mas estou extremamente curioso. Vai ser difícil esperar até chegar lá.

— Vai precisar esperar. Vamos embora!

Entraram no carro do advogado e rapidamente seguiram em direção ao apartamento das garotas, atravessaram metade da cidade. O trânsito da noite estava bem ameno, sem congestionamentos, então chegaram antes do que esperavam. Subiram o elevador, e, quando apertaram a campainha, a porta abriu-se na mesma hora.

— Estava nos esperando? Mal tive tempo de apertar a campainha...

— Além de estar esperando, estava ansiosa. Tudo indica que o nosso homem pretende viajar, pois contatou uma agência de viagens e está providenciando o visto. Talvez fuja do país amanhã ou depois, o mais tardar. Precisamos agir rapidamente e tentar prendê-lo.

— Agir rapidamente sim, porém prendê-lo não. Isto não é tarefa nossa, e sim da polícia. O que devemos fazer imediatamente é juntar as provas que temos e levá-las à polícia, ou melhor, vou levá-las à procuradoria. Tenho lá um bom amigo promotor que tomará providências imediatas.

— Mas até que a coisa tramite, e pela morosidade da Justiça, nosso homem já estará longe. Não acha melhor anteciparmos e tentar segurá-lo nós mesmos?

Alex não conseguia mais conter sua curiosidade e, por estar visivelmente ansioso, perguntou a seguir:

— Poxa, doutor... Antes disso, deixe-me ver o maldito caderno. Vamos ver se realmente é tudo isso de que estão falando.

— É verdade... Vamos ver o caderno. Conseguimos a prova de que precisávamos. Eis o famigerado caderno! — disse, olhando firme para Renata, que, como hipnotizada, permaneceu olhando aquele pequeno diário. O que teria de tão revelador?

— Não vamos esperar por Heloísa? Deve estar chegando.

Ao folhearem as primeiras páginas daquele pequeno caderno, já puderam notar que o indivíduo era completamente louco, um psicopata potencial. Nas poucas linhas que leram, realçaram-se os traços de sua personalidade doentia, de um homem de uma frieza, de uma crueldade, que causava arrepios...

— Só de pensar nas atrocidades que seria ele capaz de cometer nos seus momentos de crise paranoica... Só pode ser um doente mental... — resmungou o Dr. Geraldo, balançando a cabeça negativamente.

— Quem é o louco, Geraldo? — chegou perguntando Heloísa, assustando a todos, que não haviam percebido sua entrada no apartamento, de tão compenetrados que estavam nos horrores grafados naquele pequeno caderno.

— Achamos as provas que faltavam para inocentarmos Alex e pôr na cadeia o sujeito mais cruel que já conheci. Ouça o que vou ler, depois me diga se o homem não é um psicopata, um paranoico, ou seja lá o que puder receber de adjetivos. Só pode ser louco um homem que, nos momentos lúcidos, se mostra educado, fino, conseguindo esconder sua paranoia e toda sordidez de seus instintos criminosos incrustados em algum canto do cérebro... Parecia escrever com prazer naquelas páginas a sua crueldade, retratava fielmente o martírio que fez passar sua mãe e seu pai adotivo, que com tanto carinho o acolheram para o seio da família. Aquela criança outrora frágil que seria posta ao abandono... Sabemos que foi com grande sacrifício e muita dedicação que os pais adotivos batalharam, e muito, para transformá-lo num ser respeitável... Pelo menos é o que isso faz transparecer a nós.

— Sim, estou pronta para ouvir tudo que tem escrito aí. Pode começar... Estou pronta.

Porém, a cada página virada, maior era o espanto e a indignação, pela frieza e pelos atos de crueldade praticados pelo então ilustre promotor Dr. Helder, que, dentro do fórum, aparentava ser o mais respeitável dos homens, mas fora de lá incorporava uma entidade demoníaca, com graves e duradouras alterações de sua personalidade, transformando-se em um animal voraz com instinto destruidor, um predador.

Alex mal podia se conter; cada trecho lhe fazia crer que só poderia ter sido aquele homem — o ilustre promotor público, um sujeito que tinha por obrigação fazer cumprir a lei — a cometer a grave injustiça que matou sua garota (assim como o próprio pai).

— Foi ele, doutor, tenho certeza de que foi ele!

— Foi ele o que, Alex?

— Foi ele quem matou Melissa — respondeu Alex, com uma voz entrecortada que parecia escapar por entre os dentes rígidos. — Se foi capaz de matar os pais biológicos da forma que fez e depois assassinar o pai adotivo e queimar a casa com a mãe adotiva dentro, por causa de dinheiro, somente para receber um maldito seguro, tenho plena certeza de que foi ele quem matou não só a Melissa como também o irmão dela. Esse homem não pode ficar impune, doutor. Ele precisa morrer!

— Talvez seja esse o grande erro que este cruel assassino cometeu: não ter sumido com o corpo da pobre Melissa, e querer, por meio desse trágico homicídio, querer vingar-se de Vitória valendo-se da condenação do filho pelo suposto crime... E quem sabe também envolver o falecido juiz... Porém não somos nós que devemos julgá-lo, meu amigo; nosso dever é entregá-lo à Justiça. Pelo que conseguimos conhecer, por meio dos disquetes, o nobre deputado, banqueiro, pai do Alex, também é parte atuante dessa quadrilha.

— Geraldo tem toda a razão. Amanhã logo cedo nós os denunciamos à polícia, e eles se encarregam de prendê-los, o que certamente será o fim dessa trama diabólica e dessa quadrilha mafiosa —completou Renata, enquanto acariciava levemente a cabeça de Alex, que notadamente permanecia lívido, com fortes sentimentos de vingança.

O coração de Alex transbordava de rancor e ódio, muito mais ainda por saber agora que sua mãe e seu pai faziam parte daquela trama vil e insana, pois foram citados algumas vezes naquele fatídico caderno. Tudo ali indicava que fora ela, sua mãe, a responsável pelo agravamento da insanidade daquele homem. Por capricho, ela o induziu à loucura, e seu pai tirou proveito daquele emaranhado de loucas paixões para enriquecimento ilícito.

— Não podemos ter tanta certeza assim de que o promotor é o assassino da moça. De que ele é culpado de muitos crimes não nos resta a menor dúvida, agora quanto à garota... muitas outras pessoas tinham motivos para eliminá-la: o juiz, por ciúmes e por participar da quadrilha de fraudadores e das corrupções todas; seu pai, por ser deputado e estar envolvido na lavagem de dinheiro e em tantos outros crimes (e não sabemos até onde); e o próprio promotor, pelos motivos que já conhecemos. Até sua mãe lá esteve na noite do crime e deve ter algo mais a esconder... Não deve ser somente a ligação com o Dr. Helder em tempo de solteira — pode, sim, ser uma das suspeitas!

— Vou descobrir! Minha mãe vai me esclarecer algumas dúvidas; e também meu pai, se estiver em casa. Teremos uma boa conversa! Eles sabiam de tudo e me deixaram passar por todo este sofrimento. Você tem razão, Heloísa; eles estão todos envolvidos, e eu pagaria pelos seus crimes, seria julgado, condenado, e toda a sujeira seria varrida para debaixo do tapete.

— Não se precipite, meu rapaz — disse-lhe o Dr. Geraldo, com uma visível ruga de preocupação na testa. — Você poderá estragar tudo! Sejamos sensatos, vamos agir com lucidez, sem precipitações... Vou levá-lo para sua casa, e comporte-se como se não soubesse de nada. Amanhã pela manhã, vamos nos reunir em meu escritório, e farei o pedido de reabertura do processo. Com tantos fatos novos, o pedido será acatado de imediato. Encaminharemos as provas à polícia, já que temos em mãos os disquetes e o caderno, colocaremos esse promotor na cadeia e provaremos de vez a sua inocência, colocando-o em liberdade.

— Não querem saber sobre a minha diligência, o que descobri? — perguntou Heloísa. — É esta mulher: Raquel! Poderá ser prova consistente contra o promotor e os demais pertencentes a essa rede criminosa. Descobri que é advogada e controla todo tipo de sujeira da organização.

— Conseguiu achar a dona? — perguntou o jovem advogado.

— Sei que está na cidade, mas não tem aparecido em seu apartamento, a não ser de forma disfarçada, segundo me disse o porteiro. Deve estar com muito medo ou se escondendo de alguém. Houve muito movimento no apartamento nas últimas horas, então não pude descobrir quais são suas intenções ou se está escondido. O mais provável é que esteja se protegendo na casa dos pais da Melissa, mas poderemos verificar isso amanhã — disse o advogado.

— Bem... O dia foi bastante agitado! Vamos encerrar por hoje. Vou levar Alex para sua casa. Gostaria de jantar comigo, Renata? Temos alguns assuntos diferentes... Vamos?

— Você está com cara de sem-vergonha, doutor! Suas intenções não parecem ser das melhores... Acho que vou conferir... Quer ir, Heloísa?

— Não...! Vou ficar, tenho que colocar algumas coisas em ordem. Vou antes preparar minha matéria sobre o que já temos em mãos. Podem deixar o livro e os disquetes comigo? Amanhã cedo levo meu material ao editor do jornal. Divirtam-se!

— Acho bom que você tome todo cuidado com esse material. É nitroglicerina pura! São as maiores provas da psicopatia do promotor, e da existência da quadrilha. Isso vai deixar o ilustre promotor o resto da vida na cadeia, ou no manicômio. Acho muito perigoso isso ficar com você...

— Não tenha receio. Vou tomar todo o cuidado...

EPÍLOGO

A DERROCADA FINAL

I

O telefone da cabeceira tilintava incessantemente. Aquele barulho intermitente incomodava; a princípio parecia longe o som da chamada, depois foi ficando perturbador. Tinha sido uma noite ruim, cheia de pesadelos. Sonhou com o juiz olhando fixo para SEU lado, e viu aquela cabeleira branca explodindo em sangue. Saiu correndo pela rua, tropeçou no corpo estraçalhado da menina Melissa; para todo lado que olhava, via cadáveres cobertos de sangue, e Vitória, no alto da sua arrogância, sorria. Despertou com aquele som irritante. "Quem será a esta hora?", perguntou para si mesmo, passou a mão do lado da cama, ainda entorpecido pelo sono, e sentiu o corpo quente da divina Renata. Pareceu um alívio... Pegou o telefone...

— Dr. Geraldo? Você precisa vir imediatamente aqui na casa do Dr. Helder. Venha com a Dr.ª Renata. Alguém o espera aí embaixo no seu prédio. — E desligou.

Geraldo passou a mão pelo rosto, andou de um lado para outro para concatenar as ideias, e acordou Renata.

— Amor?

— Sim... — respondeu ela, espreguiçando-se.

— Acorde. Acabei de receber um telefonema! Alguém está nos esperando lá embaixo no prédio. Não sei o que fazer...

— Calma, não faça nada! Vou ligar do meu celular para o meu amigo promotor e pedir para ele falar com a polícia.

O telefone tocou novamente. Ele o levou até a orelha e ouviu aquela voz tétrica...

— Vamos! Estou esperando!

Sua espinha estremeceu. Subiu-lhe um sentimento de pavor, alguma coisa gelada, do estômago até a cabeça.

— Já estamos indo, só estamos nos vestindo. Aonde quer nos levar?

— Minha casa. Agora!

Tapou a boca do telefone e disse:

— Renata? Na casa dele...

Ela assentiu, balançando a cabeça.

Ele abriu a porta do apartamento e levou um susto, que lhe estremeceu todo o corpo... Quase caiu no colo da Renata. Dois enormes brutamontes à porta do lado de fora esperando.

— O que é isso? Um sequestro?

— Não, um convite! Vamos, vamos andando.

II

Raquel balançou a cabeça... Pesava uma tonelada. Tentou erguer-se, mas foi com grande dificuldade que perguntou:

— Onde estou? Quem é a senhora? Como vim parar aqui?

Com a ajuda da velha senhora negra, de feição suave, sentou-se na beira da cama.

— Quer comer alguma coisa, minha filha? Fique calma, você teve uma noite terrível... Quer nos contar o que aconteceu?

Sentiu-se mais aconchegante. Aquela voz suave, quase doce, a acalmava, deixava-a mais segura. Esticou o braço em direção àquela senhora, segurou sua mão e voltou a perguntar:

— Onde estou?

— Está na minha casa. A senhora Helena trouxe-a até aqui. Você chegou completamente alucinada. Tente se lembrar do que aconteceu para desafogar seu peito.

— A senhora sabe quem eu sou? Posso trazer muita desgraça para sua vida, já causei muita desavença. Ia chegando à frente de meu apartamento quando vi o Dr. Helder com seus dois capangas arrastando meu namorado para o carro. Não pude fazer nada, nem chamar a polícia; fiquei transtornada e procurei a senhora Helena... Não sabia o que fazer! — E chorou copiosamente.

Dona Julia sentou-se ao seu lado na cama, passou a mão na sua testa e disse:

— Eu sei quem é você.

Ela baixou a cabeça sobre as mãos e começou a recordar-se de tudo, entre soluços, dizendo:

— Creia, senhora! Tinha verdadeira paixão por aquele jovem, só não percebi o tamanho da sua ganância! Não consegui controlá-lo, e não imagino como o Dr. Helder descobriu que foi ele quem profanou seu computador.

— Eu lhe digo, minha filha: aquele homem tem conluio com o demônio. Seu namorado deixou marcas das digitais no teclado do computador... Quando ele pulou a janela da casa do promotor, achou que o tinha enganado, contudo, só de colocar as mãos sobre o teclado, Helder já sentiu a presença do pobre rapaz. E, como você disse a ele que o garoto era um ás em computação, Helder já adivinhou tudo de imediato: o que ele tinha feito. Isso o deixou transtornado, e a primeira coisa que veio à sua cabeça foi o sentimento de autodefesa, e o desejo intenso de matar. O garoto negro que invadiu sua intimidade, descobriu suas tramoias, profanou o seu bem mais precioso, seu dinheiro sujo, adquirido por meio de muita morte e muita desgraça alheia... E foi você que o trouxe para dentro da organização criminosa! Agora você é inimiga, e imagino que, quando ele pegou o seu namorado, este foi torturado e confessou que havia deixado as cópias com a irmã, que era namorada do jovem Alex. Foi nesse momento que entabulou toda a trama destrutiva para tentar matar todas as pessoas que tentaram subjugá-lo.

— Meu Deus! — exclamou Raquel. — Temos que parar isso! É tudo culpa minha! Como a senhora sabe de tudo isso?

Restou um silêncio profundo.

III

Naquela mesma noite fatídica, Helder levou o jovem negro para sua mansão, torturou-o até a morte, cortou-lhe o corpo em vários pedaços e atirou-o no forno crematório que tem em seu porão. Foi até o apartamento do jovem Alex, sorrateiramente entrou e se deparou com aqueles corpos completamente nus estirados na cama, em evidente e magnífico contraste: ela, negra escultural; ele, branco como uma escultura de marfim, entrelaçados em um ninho de amor. Colocou as luvas cirúrgicas que trouxera, dopou o casal de namorados, estuprou a jovem usando preservativo, causou nela vários ferimentos mortais, esperou a rua estar mais calma, atirou o corpo da pobre Melissa pela janela, em seguida ligou para a polícia denunciando o crime, pegou seus disquetes e deixou o local, quase de forma invisível.

IV

Dr. Geraldo e Dr.ª Renata chegaram à frente daquela mansão, um verdadeiro palacete. "Como pode um promotor público, com o salário que ganha, manter uma casa dessa", pensou Geraldo. Renata, como que lendo o pensamento do companheiro, respondeu.

— Só pode ser com resultado do crime! Ninguém adquire tanta riqueza às custas do trabalho comum.

Os dois sofreram um forte solavanco pelas costas; quase caíram ao serem empurrados para dentro da casa.

— Vamos! Para com essa conversa mole! Acabou a prosa!

Entraram na casa, desceram uma escada em caracol que dava direto a um enorme salão e sentiram aquele cheiro nauseabundo. Renata teve ânsia de vômito, mas conseguiu se controlar. Olharam para o centro do salão, uma mesa enorme que parecia um altar de sacrifícios e no meio dela, amarrado com os braços abertos, estava Alex, com as pernas esticadas, só de roupa íntima. Ao pé da escada, um elemento armado com uma pequena metralhadora apontava para as pessoas ali presentes. Heloísa, com uma expressão de pavor, tentou correr na direção da amiga Renata, mas o brutamontes gritou:

— Fique aí!

Recostada próximo a uma cortina carmim, estava Vitoria. Já não aparentava tanta arrogância... O que se via era um pavor intenso, tremia de medo, afinal nunca fora submetida a tanta humilhação. Uma Vitória vencida pela submissão de quem a vida inteira tratou como um ser inferior! Do que valia tanto poder financeiro, se estava ali subjugada, caída moralmente e, por que não, fisicamente! Ao seu lado, seu marido era o único que aparentava certa calma. Deveria ter seus motivos... Nem se abalou ao ver seu filho ali esticado como uma ovelha prestes a ser abatida, sacrificada.

V

Apareceu de repente, por trás daquelas cortinas vermelhas, aquela figura horripilante, porém imponente. Parecia ter crescido em tamanho e trazia uma fisionomia macabra. Nem parecia o mesmo Dr. Helder! Até sua voz estava diferente. Todo vestido de negro, coberto por uma toga, seus cabelos tinham uma aparência estranhamente desalinhada; parecia tomado por um ser extraordinário, um ser demoníaco. Portava um pequeno cajado com uma lâmina na ponta. Olhou nos olhos de um por um dos presentes à sua frente, e disse, com aquela voz rouca macabra:

— Chegou a hora de vocês serem julgados e pagarem pelo mal que tentaram me causar.

Todos ali presentes ficaram petrificados, tomados daquele pavor extremo. Era como se um ser sobrenatural os estivesse sentenciando, e não tinham a mínima ideia do porquê daquela sentença.

Geraldo foi quem teve mais coragem. Ergueu a cabeça, encarou aquela figura tétrica e disse:

— Por que temos que pagar pelos seus erros, seus crimes? Mal o conhecemos, nem sabemos por que estamos aqui sendo subjugados por você!

Antes de qualquer resposta, Helder olhou na direção do capanga ali armado e perguntou:

— Estão todos aqui?

— Não, chefe, não achamos a Raquel. Procuramos em todos os locais que costumava frequentar, e não a localizamos. Acho que fugiu do país.

— Está bem! Vamos acabar o que começamos aqui, depois vou procurá-la.

Virou-se em direção ao jovem preso naquele altar improvisado, ergueu o punhal para perfurá-lo, enquanto Vitória gritou alucinada:

— Não, Helder! Não faça isso, você não pode!

— Por que não posso? — perguntou.

— Ele é seu filho...!

Foi um instante interminável; aquele minuto parece ter durado um século. Todos ficaram estáticos, entreolhando-se mudos. Geraldo criou coragem, correu para cima do promotor, ou daquele demônio travestido, empurrou-o, pegou o cajado, que caiu sobre a mesa de pedra, e com a ponta de lâmina cortou uma das correias que prendiam o garoto. O promotor, enlouquecido, transtornado, agarrou o advogado pelo pescoço; estava enforcando-o quando Alex retirou a adaga das mãos do amigo com uma das mãos e atravessou-a no pescoço do pai, que foi caindo de joelhos, por cima das velas acesas.

As vestes de Helder começaram a pegar fogo, e ele rolou para baixo das cortinas, que foram lambidas pela chama que saía da roupa daquela figura disforme, ainda com olhos esbugalhados, mirando Alex como não acreditando no que estava acontecendo. Levou a mão ao pescoço tentando arrancar aquela arma, mas foi em vão. Caiu pesadamente naquele chão frio, arrastando as cortinas incandescentes. As chamas subiam pelas paredes acolchoadas...

Nesse mesmo momento, entrou no salão, por um lugar secreto, Raquel, dona Julia e a senhora Helena, acompanhadas de vários policiais, que de pronto foram para cima do guarda armado, que parecia petrificado, que estava ali para proteger o patrão e subjugar as pessoas.

Como que acordados de um transe, todos gritaram:

— Vamos sair! Está pegando fogo! Vamos, corram!

Alguém abriu a porta daquela câmara mortuária, e saíram pela escada, alcançando a rua.

— Você está ferido, meu filho? — perguntou dona Julia, já na calçada.

— Não, mãe, só apavorado! Nunca imaginei que tivesse tanta coragem.

Geraldo abraçou Renata com o outro braço, enlaçou o ombro de sua mãe, olhou para Heloísa, mirou profundamente os olhos tristes da senhora Helena.

— Vamos sair daqui, gente. Isto tudo é muito triste!

Os bombeiros já estavam chegando, e os amigos ficaram por algum tempo olhando aquela bela mansão pegando fogo.

— Ainda bem que acabou.

Cada um dos presentes foi deixando o local, constrangido, cabisbaixo. Vitória, pela primeira vez, saiu abraçada ao filho, constrita, humilde. O marido, deputado, deixou o local algemado. Raquel sumiu, esgueirou-se no meio da confusão e desapareceu como fumaça. Todos os guarda-costas do Dr. Helder foram jogados no camburão.

Geraldo mirou profundamente nos olhos da Dr.ª Renata, sua doce amada, e disse, quase em um triste lamento:

É... Saímos vivos, mas da mesma forma que começamos: sem nada!

Renata olhou-o profundamente, e retrucou:

— Esqueceu que tenho as cópias dos disquetes com todas as contas e as senhas bancárias do Dr. Helder?

— Dr. Geraldo, como adivinhando suas intenções, olhou-a com uma feição ressentida, emitiu um sorriso sarcástico e disse:

— Meu amor, esse dinheiro é amaldiçoado. Passe-me esses documentos, e vamos entregá-los à procuradoria! Nem pensa nisso! O que está entabulando não é possível!

Ela assentiu com a cabeça e deu-lhe um longo beijo:

— Vamos tomar um café, que tenho um pedido a lhe fazer...

— O que, por exemplo?

— Quero me casar com você, ou acha que vai fugir? A senhora permite, dona Julia?

— Já esperava por isso... Boa sorte, meus filhos!